J.K. 羅琳

# 伊卡伯格

林靜華－譯

# 序與致謝

很久以前我就興起了寫《伊卡伯格》的念頭。「伊卡伯格」（Ickabog）這個詞源自「Ichabod」，是「沒有可引以為傲的事」，或「已失去榮光」的意思。我想，一旦你讀完這個故事，就會明白為什麼我選擇這個名稱。我對牠所涉及的一些主題一直很感興趣。我們想像的怪物會對我們訴說什麼？邪惡會在什麼情況下牢牢掌控一個人或一個國家，以及要採取什麼行動去擊潰牠？為什麼人們會選擇相信證據不足或毫無證據的謊言？

《伊卡伯格》是我在書寫《哈利波特》系列故事期間斷斷續續寫成的。故事從未做過任何重大的修改，總是從可憐的多夫泰太太去世開始說起，結局也總是……我想我還是不要把結局說出來好了，萬一這是你第一次閱讀！

我在我的兩個最小的孩子很小的時候就為他們朗讀這個故事，但我始終沒有讀完，這使麥肯琪非常沮喪，因為這是她最喜愛的故事。寫完《哈利波特》系列之後，我休息了五年，並決定下一本不再出版兒童讀物，於是當時仍未完成的《伊卡伯格》便被束之高閣，並且在閣樓上一待就是十年。如果不是今年新冠病毒疫情蔓延全球，導致數百萬兒童被困在家中，無法上學或與他們的朋友見面，或許至今它仍在閣樓上。但就在這困頓之際，我萌生了一個想法，就是將這個故事發佈在網路上供人免費閱讀，並邀請所有的兒童為它繪製插畫。

我從閣樓取出這一箱佈滿灰塵的打字稿與手寫稿，開始工作。《伊卡伯格》最早的兩位聽眾如今已長成青少年，當我即將寫完時，他們每天晚上坐下來聆聽一個章節。他們不時問我為什麼要刪除他們從前喜愛的那些情節，於是自然而然地，我恢復了他們懷念的一切，並為他們驚人的記憶力而驚嘆。

除了大力支持我的家人之外，我要感謝在這麼短的時間內協助我將《伊卡伯格》發佈在網站上的人：我的編輯亞瑟・萊文與露絲・歐泰姆斯；Blair Partnership 公司的詹姆斯・麥克奈特；我的經營團隊蕾貝卡・沙爾特、妮琪・史東希爾、馬克・哈欽森，以及我的經紀人尼爾・布萊爾。這真的是透過各方面的鼎力襄助才得以完成，為此我由衷的感激。我還要感謝每一位為插畫比賽提供繪畫作品的兒童（以及偶爾的成年人！）。瀏覽這些藝術作品是一件愉快的事，我知道我不是唯一讚嘆他們所展示的才華的人。我很樂意認為《伊卡伯格》為一些未來的藝術家與插畫家提供了第一次嶄露頭角的機會。

重回「豐饒角」，並完成我很久以前就展開的工作，是我的寫作生涯中最有意義的經驗之一。最後我要說的是：希望你喜歡閱讀這個故事，如同我喜歡書寫牠一樣！

J. K. 羅琳

二〇二〇年七月

謹以《伊卡伯格》獻給：

麥肯琪・珍
這一直是她最喜愛的故事，
並且十年來她一直敦促我將牠好好地寫出來；

梅根・巴恩斯
與
派屈克・巴恩斯，
在麗莎起司蛋糕與駱馬的永恆記憶中；

當然，還有兩位精采的黛西，
黛西・古德溫
與
黛西・莫瑞，
令人驕傲的QSC的女兒

CONTENTS

# 1 勇敢的國王弗瑞德

從前，有一個小國名叫「豐饒角」，幾百年來代代都由一個金黃色毛髮的王室家族統治。當它傳到我寫的這個故事的時代時，它的國王名叫「勇敢的弗瑞德」。弗瑞德在加冕繼任王位的當天早上，給自己多加了一個「勇敢」的封號，部分原因是「勇敢的弗瑞德」聽起來很神氣，但還有一個原因是：有一次他曾獨自抓到並且打死一隻黃蜂——如果不把那五個步兵和擦鞋童也算進去的話。

勇敢的弗瑞德國王即位時人氣很旺。他有一頭美麗的金黃色鬈髮，臉上蓄著濃密的金黃色鬍鬚，身上穿著那個時代有錢人最流行的荷葉邊襯衫。據說弗瑞德為人慷慨大方，臉上常帶著微笑，任何時候都會對每一個看見他的人揮手致意。肖像上的他看起來非常英俊瀟灑，這些肖像被分送到王國的各個地區，懸掛在當地的市政廳內。豐饒角國的人民很滿意他們的新國王，許多人甚至認為他比他的爸爸「正義的國王理查」更稱職，因為「正義的理查」有一點暴牙（儘管當時誰也不會提到這一點）。

弗瑞德國王發現統治豐饒角有多麼輕鬆後，暗暗鬆了一口氣，事實上，這個國家似乎自己會運作，幾乎每一個人都有吃不完的食物，商人也賺進一桶桶的金幣，而且只要有任何小問題發生，弗瑞德的顧問大臣都會處理好。弗瑞德只要在每次乘坐他的馬車出遊，以及每個星期五次和他的兩個好朋友——史必唾勳爵和弗拉捧勳爵——一起出去打獵時，對他的子民微笑就行了。

史必唾和弗拉捧在郊區有他們自己的龐大產業，但他們發現和國王一起住在王宮內、吃國王的食物、獵殺國王的雄鹿，對他們來說不但更省錢也更有樂趣，而且還能看緊國王，確保他不會太喜歡宮廷內任何一位美麗的小姐。他們不希望弗瑞德結婚，因為有了王后之後會破壞他們的樂趣。有段時間，弗瑞德似乎很喜歡艾絲蘭妲小姐，她和英俊瀟灑的金髮弗瑞德一樣，有一頭烏黑的秀髮，而且長得非常漂亮。但史必唾說服弗瑞德打消這個念頭，說她太嚴肅，又像個書呆子，人民不會喜歡這樣的王后。弗瑞德不知道史必唾對艾絲蘭妲懷恨在心，因為史必唾曾經向她求婚，但被她拒絕。

史必唾勳爵非常瘦，為人非常狡猾，並且非常聰明。他的朋友弗拉捧勳爵則有一張紅通通的臉，身材肥胖到需要六個大男人出力才能將他舉起來，放在他高大的栗色馬的馬背上。弗拉捧雖然沒有史必唾那麼聰明，但他的心思仍然比國王敏銳得多。

這兩位勳爵都是拍馬屁的高手，總是假惺惺地對弗瑞德所做的任何事——從騎馬，到玩挑彩色小圓片的遊戲——讚嘆不已。如果史必唾有什麼格外出眾的才能，那就是他能說服國王去做對史必唾有利的事；而假如弗拉捧有任何天賦的話，那就是他能使國王深信，這個世界上再也沒有人比他的兩個摯友對他更忠心了。

弗瑞德認為史必唾和弗拉捧都是每天開開心心的好人。他們慫恿他舉辦華麗的舞會、鋪張的野餐，和豐盛的晚宴，因為豐饒角國以它的物產世界馳名。它的每一個城市盛產不同的食物，而且都是世界上最頂尖的。

豐饒角國的首都泡芙城位於王國的南部，四周圍繞著綿延好幾英畝的廣闊果園、黃澄澄的麥田，以及翠綠的青草地。許多純白色的乳牛在草地上吃草。此地農夫生產的奶油、麵粉和水果，都被運交給泡芙城傑出的麵包師傅製作糕點。

如果可以的話，請你回憶一下你曾經吃過的最美味的蛋糕或餅乾。好吧，讓我告訴你，它們和泡芙城的蛋糕或餅乾簡直沒得比。在泡芙城，除非一個成年男子咬一口糕點時眼中立即泛出愉悅的淚光，否則它注定是個失敗品，往後再也不會出現了。泡芙城的麵包店櫥窗內堆滿精緻的糕點，如「少女的夢想」、「仙女的搖籃」，以及最最有名的「天堂的希望」，它們都好吃得不得了，而且只有在特別的場合才吃得到，以致每一個吃到的人都不由得喜悅地哭泣。鄰國普里塔尼亞的國王普菲里歐曾經寫一封信給弗瑞德國王，提議讓弗瑞德任選一位普菲里歐的女兒為妻，以換取他一輩子都能吃到「天堂的希望」。但史必唾勸弗瑞德當面嘲笑普里塔尼亞大使。

「他的幾個女兒長得都不漂亮，不夠資格交換『天堂的希望』，陛下！」史必唾說。

泡芙城的北部還有更多翠綠的田園，和水質清澈、波光粼粼的河流，並且養了許多黑得發亮的母牛和快樂的粉紅豬。這裡的農產品輪流運送到雙子城美酪城與男爵鎮，兩城之間隔著一座石拱橋，橫跨在豐饒角國最主要的河流漕河之上。河面上有許多色彩鮮豔的駁船往來絡繹不絕，將商品從這個王國的一端運到另一端。

美酪城生產的起司名聞遐邇：巨大的白色輪狀起司、深橘色的砲彈起司、大而鬆軟的桶狀藍紋起司，以及口感比絲絨更綿柔滑順的小小顆的奶油起司。

男爵鎮則以它的煙燻火腿和蜜汁烤火腿，它的培根肉片、它的辣香腸、它的入口即化的牛排，以及它的鹿肉餡餅出名。

從男爵鎮的紅磚煙囪升起的一縷縷香噴噴的煙，夾雜著從美酪城的起司店門口飄出的陣陣香氣，使方圓四十哩之內的人一呼吸到這美味的空氣都忍不住要流口水。

從美酪城和男爵鎮往北走幾個小時的腳程，你會看到好幾英畝的葡萄園長出像雞蛋那麼大的葡萄，每顆葡萄都已成熟，甜美而多汁。再繼續往前走，到了白日將盡時，你會抵達以葡萄酒聞名的花崗岩城酒香城。據說僅僅走過它的街道，酒香城的空氣就會使你有微醺的感覺。年份最好的佳釀經過幾度轉手，可以賣到成千上萬的金幣，酒香城的酒商因此成為這個王國一些最富有的人。

但是從酒香城再往北走不遠的地方，奇怪的事發生了。彷彿豐饒角國神奇的豐饒土地，因為長出世上最好的青草、最好的水果和最好的小麥而枯竭了。就在最北端有一處名叫沼澤地的地方，那裡只會長出淡而無味、橡膠似的蘑菇，和又細又乾的草，而且只夠養活少數幾隻長滿疥瘡的綿羊。

沼澤地那些照顧綿羊的人，沒有酒香城、男爵鎮、美酪城，或泡芙城的市民那種光鮮潤澤、身材圓呼呼、精心打扮的外表。他們營養不良的綿羊無論在豐饒角國或國外都賣不到好價錢，因此沼澤地區幾乎沒有人曾有品嚐豐饒角國美味的葡萄酒、起司、牛肉或糕點的愉悅經驗。在沼澤地，最常見的一道菜餚是用那些太老而賣不出去的綿羊肉煮出來的油膩的羊肉湯。

豐饒角國其他地區的人都認為沼澤地人是一群怪人——陰沉、骯髒，而且壞脾氣。他們有粗啞的嗓子，豐饒角國的其他居民常愛模仿他們，使他們的聲音聽起來像老綿羊沙啞的叫聲。人們喜歡拿他們的行為舉止和他們的樸實開玩笑。沼澤地唯一讓人記得的東西，只有伊卡伯格的傳說。

編註：本書配圖係採「插畫畫廊」（Illustration Gallery）方式規劃，於部分章節結束之後，在不洩漏後續情節的情況下進行搭配，並非完全配合劇情發展。

〈國王弗瑞德〉
林大可/14歲/台灣台北

## 2

# 伊卡伯格

伊卡伯格的傳說早已在沼澤地流傳了好幾代，並且經過人們口耳相傳，一直傳到了泡芙城。現今，人人都知道這個故事了。當然，和所有傳說故事一樣，取決於說故事的人，版本會略有改變，但每個故事都一致提到，有個怪物住在這個王國的最北端，那裡一片黑暗而且經常霧氣迷濛，由於太危險而沒有人敢進去。聽說那個怪物會吃小孩和綿羊，有時甚至會帶走因為天黑迷路而太靠近沼澤地的成年人。

伊卡伯格的習慣與外形因描述的人不同而有差異。有的人說牠的身軀像蛇，有的說牠長得像龍，又說像狼。有的人說牠會發出吼叫聲，也有人說牠發出嘶嘶的聲音，還有人說牠會像霧一樣無聲地飄移，毫無預警地出現在沼澤上。

據說，伊卡伯格有非比尋常的魔力，能模仿人類的聲音，誘惑旅人進入牠的圈套。如果你試圖殺牠，牠會神奇地復原，或者分裂成兩個伊卡伯格；牠會飛、會噴火、能噴射毒液——描述者的想像力有多強，伊卡伯格的力量就有多大。

「我工作的時候，你最好不要離開花園。」這個王國的所有家長都會這樣告誡他們的子女，「否則伊卡伯格會把你抓去吃掉！」全國各地的男孩、女孩也都在玩對抗伊卡伯格的遊戲，並以伊卡伯格的故事互相恐嚇。如果故事太恐怖逼真，他們睡覺時甚至還會作關於伊卡伯格的惡夢。

伯特．比米希就是這樣的一個小男孩。一天晚上，多夫泰先生全家過來一起吃晚飯。飯後的餘興時間，多夫泰先生給大家說了一個伊卡伯格的最新消息。那天夜裡，五歲的伯特從睡夢中驚醒，嚇得哇哇大哭。他夢見伊卡伯格一雙巨大的白色眼睛從迷濛的沼澤對面瞪著他，而他卻只能在沼澤中越陷越深……

「好了，好了，」伯特的媽媽拿著一根蠟燭進入他的臥房輕聲說，然後抱起他輕輕來回搖晃，「沒有伊卡伯格這回事，伯特乖乖，那只是個無聊的故事。」

「可——可是，多夫泰先生說綿羊失——失蹤了！」伯特一邊抽泣一邊說。

「綿羊是失蹤了，」比米希太太說，「但不是因為怪物把牠們抓走。綿羊是愚笨的動物，牠們會亂跑，然後迷路在沼澤中。」

「可——可是，多夫泰先生說有人失蹤了！」

「只有傻瓜才會愚笨到晚上在沼澤地逗留，」比米希太太說，「伯特乖乖，沼澤沒有怪物。」

「可——可是，多夫泰先生說有人——人聽到他們窗外有聲音，早——早上出去一看，他們養的雞都不見了！」

比米希太太忍不住笑了。

「他們聽到的是一般小偷的聲音，伯特乖乖。在沼澤地區，他們經常互相偷東西。把罪過推給伊卡伯格，比承認鄰居偷他們的東西要容易得多。」

「偷東西？」伯特驚呼，從他媽媽的腿上坐起來，兩眼嚴肅地望著他的媽媽，「偷東西是非常不乖的行為，不是嗎，媽咪？」

「確實是非常不乖的行為，」比米希太太說，將伯特舉起來，輕輕放回他溫暖的床上，掖好他的被子，「但是，幸好我們不住在那些不守規矩的沼澤地居民附近。」

她拿起她的蠟燭，輕手輕腳地走向臥室門口。

「晚安。」她在門口輕聲說。通常她會再說一句：「別讓伊卡伯格給吃了。」這是豐饒角國全國家長都會在睡前對他們的孩子說的一句話，但今晚她改口說：「好好睡。」

伯特又睡著了，沒有再夢到伊卡伯格。

多夫泰先生和比米希太太是好朋友。他們以前是同班同學，彼此認識一輩子了。當多夫泰先生知道自己說的那些話害伯特作惡夢時，感到十分內疚。多夫泰先生是泡芙城內手藝最好的木匠，便決定刻一個伊卡伯格送給小伯特。牠有一張微笑的大嘴，露出整排大牙，還有帶爪的腳。這個伊卡伯格立刻成為伯特最喜愛的玩具。

如果伯特，或他的父母，或住在隔壁的多夫泰一家人，或整個豐饒角國的其他任何人，被告知豐饒角國即將面臨一場可怕的動亂——全都是因為伊卡伯格的傳說所引起——他們肯定會一笑置之。他們住在全世界最幸福快樂的王國內，伊卡伯格能帶來什麼禍害呢？

3

# 一個女裁縫之死

比米希和多夫泰兩家人都住在一處名叫「城中城」的地方，這裡屬於泡芙城的一部分，所有為弗瑞德國王工作的人員都住在這裡：園丁、廚師、男裁縫、聽差、女裁縫、石匠、馬夫、木匠、僕從，以及侍女，全部都住在王宮外面的小房舍。

城中城和泡芙城之間隔著一道白色的高牆，白天城門會打開，裡面的居民可以到泡芙城其他地方探訪親友或逛市場。到了夜晚，堅固的城門會關閉，住在城中城裡的居民和國王一樣，在宮廷的皇家衛隊守護下入睡。

比米希少校——伯特的爸爸——是皇家衛隊隊長。他是個英俊瀟灑、很有親和力的人，騎著一匹鐵灰色的駿馬，陪著弗瑞德國王和史必唾動爵與弗拉捧動爵一起出去打獵——通常每個星期打獵五次。國王喜歡比米希少校，也喜歡伯特的媽媽柏莎，因為柏莎．比米希是國王的專屬糕點主廚，在這個以烘焙聞名於世的城市中，這是很高的榮耀。由於柏莎習慣把沒有烤得十全十美的糕點帶回家，伯特因此成為一個小塔比，有時，我不免要遺憾地說——其他孩子因此喊他「奶油球」，把他氣得哇哇大哭。

伯特最要好的朋友是黛西．多夫泰，兩人的生日只差幾天。與其說兩人是玩伴，不如說他們更像姐弟。伯特被欺負時，黛西總是挺身保護他，她雖然瘦瘦的，但動作敏捷，只要有任何人喊伯特「奶油球」，她都會去找他們理論。

黛西的爸爸丹．多夫泰是國王的木匠，負責維修、更換國王御用馬車的車輪與車軸。由於多夫泰先生擅長雕刻，他同時也為宮廷製作一點家具。

黛西的媽媽朵拉．多夫泰是宮廷的首席女裁縫——這是另一個榮耀的職務，因為國王弗瑞德喜歡穿漂亮的衣服，因此找來許多女裁縫，每個月都忙碌地為他縫製新衣服。

正是國王對華麗服飾的熱愛，導致一件很糟糕的事，使得豐饒角國的史書將記錄這件事，並把它記載為日後衝擊這個幸福小國的災難導火線。事情發生時，只有城中城內少數人知道這件事，但對某些人而言，這是一起可怕的悲劇。

事情是這樣的。

普里塔尼亞國王要正式訪問弗瑞德（也許，他仍然希望用他的一個女兒來交換豐饒角國一輩子供應他「天堂的希望」），弗瑞德決定專門為這個正式場合製作一套新衣服：深紫色的布料，上面綴有許多銀色蕾絲、紫水晶鈕釦，袖口鑲灰色毛皮。

此時，國王弗瑞德聽說首席女裁縫身體不太舒服，但他沒怎麼放在心上，因為除了黛西的媽媽，他不相信有誰能把銀色蕾絲縫得無比完美。於是他下令：這個工作不能交給其他人來做。結果，黛西的媽媽不睡覺，接連縫了三天三夜，趕著在普里塔尼亞國王來訪前及時完成這套紫色的衣服。到了第四天的黎明時分，她的助手發現她躺在地上，死了，手上還握著最後一粒紫水晶鈕釦。

國王的首席顧問前來通報這個消息時，弗瑞德仍在吃早餐。首席顧問大臣名叫漢尼保，是個很有智慧的長者，他的銀色長鬚幾乎垂到他的膝蓋。在向國王解釋了首席女裁縫之死後，他說：

「我確信其他女工也能將陛下的最後一粒鈕釦縫好。」

國王弗瑞德從漢尼保的眼中看到一種他不喜歡的眼神，那種眼神讓他的胃感到不舒服。

當天早上稍後，當弗瑞德的僕人協助他穿上那套紫色新衣時，為了減輕自己的內疚感，弗瑞德和史必唾與弗拉捧兩位勳爵談起這件事。

「我說，要是我早知道她生重病，」當侍從費力地將他塞進他的綢緞緊身褲時，他憋著氣說，「我自然會讓別人縫製這套衣服。」

「陛下多麼仁慈，」史必唾說，一邊從壁爐上方的鏡子打量自己蠟黃的臉，「世上再也找不到比您的心腸更軟的君王了。」

「那個婦人如果覺得身體不舒服，她就應該說出來。」弗拉捧坐在窗邊一張有軟墊的座椅上咕噥地說，「如果她不適合工作，她就應該說。正確地說，這是對國王不忠，或者說對您的服裝不忠，總而言之。」

「弗拉捧說得對，」史必唾說，從鏡子前轉過身來，「沒有人比您更善待自己的僕人了，陛下。」

「我確實對他們很好，不是嗎？」弗瑞德國王焦慮地說，並在侍從幫他扣上緊身褲的鈕釦時用力縮起他的小腹。「無論如何，我今天都必須看起來光鮮亮麗，不是嗎？你們是知道的，那個普里塔尼亞國王一向講究穿著！」

「如果您的裝扮比普里塔尼亞國王稍有遜色，那是國家的恥辱。」史必唾說。

「把這件不愉快的事忘了吧，陛下，」弗拉捧說，「沒有理由讓一個不忠的女裁縫毀了陽光燦爛的一天。」

然而，儘管有兩位勳爵的安慰，弗瑞德國王心中仍然感到不安。這或許是他的幻想，但他覺得艾絲蘭妲小姐那天似乎格外嚴肅，僕人們的微笑似乎也比往常冷漠，侍女行屈膝禮時似乎也沒有往常蹲得那麼低。那天晚上，在為普里塔尼亞國王舉辦的國宴上，弗瑞德的思緒不斷飄回到那個首席女裁縫身上：她僵硬地躺在地上，手上還握著最後一粒紫水晶鈕釦。

當天晚上弗瑞德就寢前，漢尼保來敲他寢宮的門。深深一鞠躬後，首席顧問大臣詢問國王是否打算送花到多夫泰太太的葬禮。

「喔——喔，要送！」弗瑞德心虛地說，「好的，送一個大花圈，你知道，就說我很遺憾等等，你會安排的，不是嗎，漢尼保？」

「當然，陛下，」首席顧問說，「還有——請問——您有探望女裁縫家屬的計畫嗎？您知道，他們就住在離王宮大門一小段路的地方。」

「探望他們？」國王若有所思地說，「喔，不，漢尼保，我想我不會喜歡，我是說，我確信他們不會期待我去探望他們。」

漢尼保和國王互相對視了幾秒鐘後，首席顧問便鞠躬離開房間。

國王弗瑞德早已習慣人人對他說他是一個多麼好的人，但此刻他一點也不喜歡首席顧問離開時皺著眉頭的樣子，現在他開始感到生氣而不是慚愧了。

「真可憐，」他轉向他在就寢前對著梳鬍子的鏡子，對鏡中的倒影說，「但，畢竟我是國王，而她是女裁縫，如果我死了，我不會期待她——」

但他忽然想到，如果他死了，他會期待豐饒角國全國百姓都停下他們的工作，換上黑衣服，舉國哀悼一星期，如同他們哀悼他的爸爸「正義的理查」那樣。

「無論如何，」他對鏡子裡的他不耐煩地說，「生活還是得過。」

他戴上他的絲質睡帽，爬上他的四柱大床，吹熄蠟燭，然後進入夢鄉。

〈弗瑞德國王的紫色新衣〉
鄭惟心/11歲/台灣台北

## 4

# 靜悄悄的屋子

多夫泰太太下葬在城中城內的墓園裡，世世代代的宮廷僕役死後都埋葬在這裡。黛西和她的爸爸手牽手，低著頭，久久注視著墳墓。伯特在含淚的媽媽和神情肅穆的爸爸帶領下緩緩離開時，仍頻頻回頭看黛西。伯特很想對他最要好的朋友說點什麼，但這件事發生得太突然又太可怕，說什麼都不合適，伯特幾乎無法想像，如果他的媽媽忽然永遠消失在那冰冷而堅硬的泥土裡，他會有什麼感覺。

當所有的親朋好友都離開後，多夫泰先生將國王送來的紫色花圈從多夫泰太太的墓碑前移開，換上一小束黛西當天早晨親手摘的雪花蓮，然後父女倆才緩緩走回他們知道再也不可能和以前一樣的家。

葬禮過後一個星期，國王騎馬帶著皇家衛隊出去打獵。和往常一樣，沿途每戶人家都急忙衝出來，站在花園鞠躬、行屈膝禮並大聲歡呼。當國王對他們點頭與揮手時，他注意到有一間房舍的前院沒有人，房子的窗戶和前門上還掛著黑紗。

「誰住在那裡？」他問比米希少校。

「那——那是多夫泰的屋子，陛下。」比米希說。

「多夫泰，多夫泰，」國王說，皺著眉頭，「我聽過這個名字，不是嗎？」

「呃……是的，陛下，」比米希少校說，「多夫泰先生是陛下您的木匠，而多夫泰太太是……以前是——陛下您的首席女裁縫。」

「啊，沒錯，」國王急急地說，「我——我記得。」

國王用他靴跟上的馬刺，驅策他的乳白色戰馬跑起來，快速經過那棟窗上掛著黑紗的小屋，並嘗試不去多想，只想著當天即將進行的狩獵。

但後來，每當國王騎馬出宮，都會不由自主地將他的視線投向多夫泰家空無一人的花園和懸掛著黑紗的小屋。他每次看到那間小屋，腦中就會浮現死去的女裁縫手上握著紫水晶鈕釦的影像。最後，他再也無法忍受了，便傳喚首席顧問大臣。

「漢尼保，」他說，他沒有注視對方的眼睛，「通往獵場的路上轉角處有一間小屋，一間看起來不錯的房子，有大大的花園。」

「是多夫泰家嗎，陛下？」

「喔，他們就住在那裡，是嗎？」國王弗瑞德故作輕鬆地說，「我忽然想到，對一個小家庭來說，那個地方似乎有點大，我聽說他們只有兩個人，對嗎？」

「是的，陛下，只有兩個人，因為那個媽媽——」

「這似乎有點不公平，漢尼保，」國王弗瑞德大聲說，「這麼好、這麼寬敞的房子只住兩個人，我相信那些有五、六口人的家庭會很高興多一點空間。」

「您希望我讓多夫泰一家搬出去嗎，陛下？」

「是的，我是這麼想，」弗瑞德國王說，一面假裝打量他的緞面鞋尖。

「好的，陛下，」首席顧問大臣說，深深一鞠躬，「我讓他們和羅奇家互換，我相信羅奇會很樂意多一些空間，我會讓多夫泰父女換去住羅奇的屋子。」

「那是在什麼地方？」國王緊張地問，因為他不想一出王宮大門就看到那些黑紗。

「就在城中城的邊邊上，」首席顧問說，「非常靠近墓園，在——」

「這樣很好，」國王弗瑞德打斷他的話，站起來說道，「我不需要知道細節，你只管去做就是了，漢尼保，交給你了。」

於是，黛西和她的爸爸遵照指示，和羅奇上尉家交換了房子。羅奇上尉和伯特的爸爸一樣，也在國王的皇家衛隊服役。下一次國王弗瑞德再騎馬出遊時，那間屋子門上的黑紗已經不見了，羅奇家的幾個孩子——四個壯碩的兄弟，就是他們最先給伯特·比米希取了「奶油球」的綽號——衝到前門外，跳上跳下地歡呼，並揮舞著豐饒角國的旗幟。弗瑞德國王眉開眼笑地對這幾個男孩揮手。又過了幾個星期，弗瑞德已把多夫泰家的事忘得一乾二淨，又過起了快樂的日子。

## 5

# 黛西・多夫泰

在經歷多夫泰太太令人震驚的死亡意外之後的幾個月裡，國王的僕役分成兩派。一派交相耳語，說她會不幸死亡都是國王的錯。另一派則更願意相信這其中有某種誤會，國王在下令多夫泰太太必須完成那套新衣服之前，可能不知道她的病情有多麼嚴重。

糕點主廚比米希太太屬於第二派。國王對待比米希太太一向非常親切，有時甚至請她進入用餐室，祝賀她烘焙的「公爵的喜悅」或「浮華的幻想」格外好吃，因此她認定他是個仁慈、慷慨又體貼的人。

「你相信我，一定是有人忘了向國王傳達這個信息，」她告訴她的丈夫比米希少校，「他**從來不會**讓一個生病的僕人做事，我知道他一定會對這件事感到難過。」

「是啊，」比米希少校說，「我也相信。」

和他的妻子一樣，比米希少校也想相信國王是個大好人，因為他、他的爸爸以及他的祖輩們，過去也都忠心耿耿地服務於皇家衛隊，所以，即使比米希少校發現，在多夫泰太太去世之後，弗瑞德國王似乎仍照常愉快地出去打獵，以及，雖然比米希少校知道多夫泰家的人奉令遷出他們的舊居，搬到墓園旁邊居住，他仍試著相信國王對他的首席女裁縫的不幸感到難過，並相信他沒有插手下令她的丈夫和女兒遷居。

多夫泰父女的新居是個陰鬱的地方。墓園四周高大的紫杉樹遮擋了陽光，但從黛西的臥室窗口望出去，透過黑暗的枝椏縫隙，可以清楚看到她媽媽的墳墓。由於她和伯特已不再是鄰居，黛西在空閒時間比較少見到他了，但伯特仍盡可能常去探望黛西。她的新花園沒有那麼多嬉戲的空間，他們就改玩別的遊戲。

沒有人知道多夫泰先生對他們的新房子，或對國王有什麼觀感。他從不和他的同事討論這些事，只是安靜地做他的工作，賺取養育女兒所需的收入，並在孩子沒有媽媽的情況下盡力將黛西撫養長大。

平常就很喜歡在她爸爸的木工作坊幫忙的黛西，總體來說是個快樂的孩子。她是那種不介意身上弄髒，對穿著打扮也不太感興趣的人。但在葬禮過後的日子裡，她會每天替換一套不同的衣服，帶一束鮮花放在媽媽的墳上。多夫泰太太在世時，總是盡量讓她的女兒看起來——用她的話說「像個小淑女」，為她縫製了許多漂亮的小禮服，有些禮服的布料還是她為弗瑞德國王縫製華麗的衣服後剩下的邊角料，國王很大方，允許她把剩下的零碎布料帶回家。

就這樣，一個星期過去了，接著一個月，然後是一年，直到黛西的媽媽為她縫製的衣服對她來說已經太小，但黛西仍小心翼翼地將它們保存在衣櫃裡。別人似乎都已忘記黛西所遭遇的不幸，或者已習慣她的媽媽已經不在的事實。黛西自己則假裝她也已經習慣。表面上，她的生活幾乎已恢復正常。她在工作坊協助她的爸爸，做她的學校作業，和她最要好的朋友伯特一起玩，但他們從來不提她的媽媽，也從來不提國王。每天晚上，黛西總是躺在床上注視遠處在月光下閃亮亮的白色墓碑，直到進入夢鄉。

〈白色墓碑〉
張雅媛/14歲/台灣雲林

# 6 王宮庭園打架風波

王宮後面有一座庭園，裡面有孔雀走來走去、噴泉跳著水舞，還有歷任國王與王后的雕像。只要不去拔孔雀的羽毛，不跳進噴泉或爬到雕像上，宮內僕人的孩子們被允許在放學後進入庭園玩耍。艾絲蘭妲小姐很喜歡小孩子，會過來和他們一起編織雛菊花環，但最令人興奮的是國王出來站在陽台上對他們揮手，這時所有的孩子都會齊聲歡呼、鞠躬、行屈膝禮，如同他們的父母教他們的那樣。

孩子們只有在史必唾動爵和弗拉捧動爵經過庭園的時候才會安靜下來，停止跳房子遊戲，不再假裝對抗伊卡伯格。兩位動爵一點也不喜歡小孩，他們覺得這些小鬼在傍晚時間太吵鬧，因為這個時候正是史必唾和弗拉捧打獵回來、等待晚餐之前的小睡時間。

伯特和黛西過完七歲生日後不久，有一天當所有小孩都照常在噴泉與孔雀之間嬉戲時，新任首席女裁縫的女兒穿著一件漂亮的玫瑰粉錦緞洋裝——說：

「噢，我**真**希望國王今天會跟我們揮手！」

「哼，我不希望，」黛西不由自主說，她也沒有意識到她說得很大聲。

孩子們都吃驚地轉頭看她，黛西見大家都瞪著她，不由得一陣冷一陣熱。

「妳不應該說這種話，」伯特小聲說。由於他站在黛西的右手邊，其他孩子也瞪著他。

「我不在乎，」黛西說，臉色泛紅。既然說出口了，索性把它說完。「要不是他讓我媽媽那麼勞累，她現在還活著呢。」

黛西覺得似乎有很長一段時間，她一直想這樣大聲說出來。

四周的孩子們都倒抽一口冷氣，一名侍女的女兒甚至嚇得尖叫起來。

「他是我們豐饒角國歷來最好的國王。」伯特說，這句話他聽他的媽媽說過無數次。

「不，他不是，」黛西大聲說，「他自私、虛榮，而且冷酷無情！」

「黛西！」伯特驚駭地小聲說，「別——別**傻**了！」

就是「傻」這個字惹惱了黛西。當新任首席女裁縫的女兒指著黛西的工作服冷笑，又捂著嘴對她的朋友竊竊私語時，這是「傻」嗎？當她的爸爸在夜裡抹掉他的眼淚，以為黛西沒看見，這是「傻」嗎？當她不得不對著媽媽冰冷的墓碑和她說話時，這是「傻」嗎？

黛西用力甩起她的手，一巴掌打在伯特臉上。

這時，羅奇兄弟中的老大——名叫羅得理，他現在睡黛西以前的臥房——大喊：「不要放過她，奶油球！」然後帶頭和所有男生齊聲大喊：「打！打！打！」

受到驚嚇的伯特半被動地推一下黛西的肩膀，黛西唯一能做的似乎只有撲向伯特，接著兩人一陣推來攘去，塵土飛揚，直到兩個孩子忽然被伯特的爸爸比米希少校用力拉開。他在王宮內聽到騷動，立刻跑出來看出了什麼事。

「可怕的行為。」史必唾動爵從少校和兩個啜泣掙扎的孩子身邊走過時喃喃說道。

但是當史必唾動爵轉身離開時，他的臉上浮現一抹奸笑。他是一個善用形勢的人。他心想，他或許已經找到辦法，可以把這群小鬼——至少是其中幾個趕出王宮庭園了。

〈孔雀庭園〉
陳瑀婕/13歲/台灣彰化

## 7

# 史必唾勳爵打小報告

那天晚上，兩位勳爵和往常一樣，和國王一起用餐。這是一頓豐盛的晚餐——有男爵鎮的鹿肉，搭配酒香城的上等葡萄酒，接下來是各式各樣美酪城的起司，和比米希太太手作的輕如羽毛的「仙女的搖籃」——之後，史必唾勳爵覺得這是個好時機，於是他清一清喉嚨，說道：

「陛下，那些孩子今天下午在王宮庭園打架，希望他們沒有吵到您。」

「打架？」弗瑞德國王說。他正在和裁縫師討論新披風的樣式，沒有聽到史必唾勳爵方才說了什麼。「打什麼架？」

「喔，我的天……我以為陛下您知道，」史必唾勳爵假裝吃驚地說，「或許比米希少校能告訴您詳細情形。」

弗瑞德國王似乎覺得很有趣，並沒有表現出不愉快的樣子。

「噢，我想小孩之間打來打去是常有的事，史必唾。」

史必唾和弗拉捧背著國王互相使了個眼色，然後史必唾繼續說。

「陛下始終都那麼仁慈。」史必唾說。

「當然，有些國王，」弗拉捧一邊喃喃地說，一邊撢去掉在他的背心上的糕餅屑，「如果聽到一個孩子說出對國王如此不敬的話……」

「什麼？」弗瑞德問，臉上的笑容消失了，「一個孩子說我……不敬的話？」弗瑞德不敢相信。他習慣了每當他從陽台對那些孩子揮手時，他們總是興奮得大聲尖叫。

「我想是，陛下，」史必唾說，一邊打量他的指甲，「不過，我剛才說了……是比米希少校把他們拉開的……他知道詳細情形。」

銀燭台上的蠟燭發出一聲輕微的嗶啵聲。

「小孩子……什麼話都說，鬧著玩的。」弗瑞德國王說，「毫無疑問，那個孩子沒有惡意。」

「在我聽來像惡意叛君。」弗拉捧嘟囔說。

「不過，」史必唾立刻說，「比米希少校知道詳細情形，弗拉捧和我也許聽錯了。」

弗瑞德小口啜著他的葡萄酒。這時，一名僕役進來收拾點心盤。

「癩子，」弗瑞德國王說。癩子是那個僕役的名字。「去把比米希少校帶來。」

比米希少校不像國王和那兩位勳爵，他沒有天天晚上吃豐盛的七道菜大餐。他在幾個小時前已吃過晚飯，國王派人來傳喚他時，他正準備上床睡覺。少校接到通知急忙脫下睡衣，換上制服，匆匆趕回王宮。這時弗瑞德國王、史必唾勳爵和弗拉捧勳爵已移駕到黃廳休息，坐在緞面扶手椅上繼續喝來自酒香城的葡萄酒。弗拉捧則繼續吃第二盤「仙女的搖籃」。

少校進門深深一鞠躬時，弗瑞德國王說：「啊，比米希，我聽說今天下午王宮庭園有點小騷動。」

少校的心往下一沉，他原本希望伯特和黛西打架的消息不會傳到國王的耳朵裡。

「噢，沒什麼事，陛下。」比米希說。

「得了，得了，比米希，」弗拉捧說，「你教會你的兒子不要容忍背叛者，你應該引以為傲才對。」

「我……沒有什麼背叛的問題，」比米希少校說，「他們只是小孩子，吾王陛下。」

「據我了解，你的兒子為我辯護，比米希？」弗瑞德國王說。

比米希少校此刻面臨最不幸的處境，他不想告訴國王黛西說的話，無論他自己對國王多麼忠心耿耿，他十分明白那個沒有媽媽的小女孩為什麼會對弗瑞德有情緒，而他最不願意的就是讓她惹上麻煩。同時，他也明白，有二十個目擊證人可以告訴國王黛西確實說了什麼，如果他說謊，那麼史必唾勳爵與弗拉捧勳爵一定會告訴國王，他，比米希少校，也對國王不忠，並且背叛國王。

「我……是的，陛下，我的兒子伯特確實為您辯護，」比米希少校說，「然而，懇求國王務必寬容那個小女孩對陛下您說了那……那不吉利的話。她經歷了極大的痛苦，陛下，即使是一個不快樂的成年人，有時也會說出瘋狂的話。」

「那個女孩經歷什麼樣的痛苦？」弗瑞德國王問。他無法想像他的臣民有什麼理由說出對他不敬的話。

「她……她名叫黛西．多夫泰，陛下。」比米希少校說，兩眼望著弗瑞德國王頭上一幅他的爸爸「正義的理查國王」——的畫像。「她的媽媽是那個女裁縫，她——」

「好了，好了，我想起來了。」弗瑞德國王大聲說，打斷比米希少校的話，「很好，就這樣，比米希，你可以走了。」

比米希鬆了一口氣，再度深深一鞠躬。當他幾乎走到門口時，他又聽到國王的聲音。

「那個女孩**到底**說了什麼，比米希？」

比米希少校伸出去的手停留在門把上，此時除了實話實說，沒有其他辦法了。

「她說，陛下您自私、虛榮，而且冷酷無情。」比米希少校說。

他不敢看國王一眼，就這樣離開房間。

# 8

# 請願日

**自私、虛榮，而且冷酷無情。自私、虛榮，而且冷酷無情。**

弗瑞德國王戴上他的絲質睡帽時，這幾句話一直在他的腦中迴響。這不可能是真的，不是嗎？弗瑞德國王久久無法入睡，第二天早晨醒來時，他覺得更不舒服了。

他決定做點好事。他第一個想到的是他要獎賞比米希的兒子，小男孩在那個討厭的小女孩面前為他辯護。於是他取下平時掛在他最喜愛的獵犬脖子上的一枚小紀念章，命令侍女為牠穿上一條絲帶，然後傳喚比米希一家人進宮。伯特被媽媽從學校帶出來，匆匆為他換上一套藍色的絲絨衣褲，站在國王面前時嚇得說不出話來。弗瑞德很高興，花了幾分鐘對小男孩說了一番獎勵的話，使得少校和比米希太太為他們的兒子感到驕傲至極。最後，伯特脖子上掛著那面小金牌回到學校。那天下午，向來最會欺負他的羅得理・羅奇在遊樂場上對他特別照顧。黛西什麼話也沒說。伯特遇上她的眼光，頓時一陣臉紅，感到渾身不自在，便將金牌塞進他的襯衫裡面。

於此同時，國王仍然不怎麼開心。一種不舒服的感覺，如同消化不良一樣，始終揮之不去。那天晚上他又失眠。

第二天醒來時，他想起這一天是「請願日」。

「請願日」是一年一度的特殊節日，豐饒角國的臣民被允許在這一天進入王宮謁見國王。當然，他們都要先經過弗瑞德的顧問大臣嚴密審查才能獲准進宮。弗瑞德從來不處理重大的問題。他只接見那些用幾個金幣和說幾句慈祥的話就能打發的人，好比：一個農夫的犁頭壞了，或者一個老太太的貓死了。弗瑞德一直在期待「請願日」，因為這是一個可以精心打扮、穿上他最華麗衣服的機會，而且他發現，看到自己對豐饒角國的百姓有多麼重要，這令人很感動。

吃過早餐之後，弗瑞德要穿的服飾已準備就緒，那是他上個月才下令裁製的一套新裝：白色的綢緞緊身褲和同樣的緊身上衣，上面鑲了黃金與珍珠鈕釦；一件貂皮滾邊、鮮紅色內襯的披風；以及一雙鑲黃金與珍珠帶扣的白色緞面鞋。他的男僕捧著金色鉗子，正準備幫國王捲鬍鬚。還有一名小小聽差早已捧著一個裝著許多寶石戒指的絲絨墊子，在一旁等候弗瑞德挑選。

「全部拿走，我不要。」弗瑞德國王不悅地說，揮手叫那些等著伺候他更衣的僕役走開。他們不確定他們是否聽得正確，因為弗瑞德國王非常重視這套新衣服的製作進度，還親自下令要加上大紅色的襯裡和華麗的帶扣。「我說，把它拿走！」當他發現沒有人移動時，他怒斥道：「拿樸素一點的衣服來！把我在我父王的葬禮上穿的那套衣服拿來！」

「陛下，您……還好嗎？」當那些伺候國王更衣的僕役捧著那套白色的服裝驚慌地鞠躬退出，並迅速地將一套黑色服裝捧到他面前時，他的男僕問道。

「我當然很好，」弗瑞德厲聲怒斥，「但我是一個男子漢，不是一個輕浮的花花公子。」

他不置可否地接受這套黑色的服裝，那是他所有的衣服中最樸素的一套，但它的袖口和領口仍然鑲著華麗的銀邊，以及縞瑪瑙與鑽石鈕釦。接著，男僕又大吃一驚，因為國王只讓他用鉗子替他捲鬍子尖端，然後就命令他和那個捧著滿滿一盤戒指的小廝退下。

**好啦**，弗瑞德心想，打量鏡子裡的自己，**我怎麼可能被說虛榮？黑色絕對不是我最愛的顏色之一**。

就這樣，弗瑞德國王超乎尋常地很快就換好衣服，以致正在讓弗瑞德的一個僕人幫忙挖耳垢的史必唾動爵，以及正在大口吃著向廚房訂做的「公爵的喜悅」的弗拉捧動爵一時都措手不及，立刻從他們的房間衝出來，一邊跑一邊穿上他們的背心，並且半跑半跳地套上他們的靴子。

「快點，你們這些懶惰的傢伙，」當兩位動爵在走廊上追著國王跑時，弗瑞德大聲說，「人們都在等著我幫助呢！」

**一個自私的國王，會趕著去接見想得到恩惠的尋常百姓嗎？**弗瑞德心想，**不，他不會！**

弗瑞德的顧問大臣們看到國王準時出現，又打扮得如此樸素，都很震驚。首席顧問漢尼保鞠躬時，臉上帶著讚許的微笑。

「陛下提早到了，」他說，「人們會很高興，他們打從天亮就開始排隊了。」

「帶他們進來，漢尼保。」國王坐上王座後說，並示意史必唾和弗拉捧分別坐在他左右兩側的座位上。

門開了，請願的人一個接一個魚貫進入。

弗瑞德的子民平時看到的都是懸掛在市政廳內的國王畫像，當他們發現自己和真實的、活生生的國王本尊面對面時，往往張口結舌，有的開始結巴，或忘了他們為什麼而來，有一、兩次還有人當場昏倒。弗瑞德今天格外親切，每一個請願的人最後都獲得國王發給的一、兩枚金幣，或者為嬰兒祝福，或者容許一個老太太親吻他的手。

然而，他今天雖然含笑分送金幣與承諾，黛西．多夫泰的話仍一直在他的腦海裡迴盪。**自私、虛榮，而且冷酷無情**。他想做點什麼特別的事來證明他是個好人——讓大家看到他願意為別人而犧牲自己。豐饒角國的每一位國王都會在「請願日」這一天分發金幣和施點小惠，弗瑞德則希望他能做一件偉大的、流傳千古的大事。幫助果農換一頂他們最喜愛的帽子是不會被記載在史書上的。

坐在弗瑞德左右兩邊的兩位勳爵開始覺得無聊了，他們寧可懶洋洋地待在房間內等著吃午餐，也不願意坐在這裡聽那些農夫談他們微不足道的煩惱。幾個小時之後，最後一個請願者感激涕零地離開謁見廳後，肚子早已餓得咕嚕咕嚕叫了快一個鐘頭的弗拉捧鬆一口氣，從他的椅子站起來。

「午餐時間！」弗拉捧大聲說，但就在衛兵關門之際，忽然聽到一陣騷動，門又再度被打開了。

〈豐饒角國的地圖〉
陳偉儒/9歲/台灣台北

9

# 牧羊人的故事

「陛下，」漢尼保快步走向正要從王座起身的弗瑞德國王說，「有一個牧羊人從沼澤地來向您請願，陛下。他來晚了一點——如果陛下想用膳，我可以叫他回去。」

「沼澤地人！」史必唾說，用他香噴噴的手帕在鼻子底下搧著，「想像一下吧，陛下！」

「真沒禮貌，晉見國王竟然遲到。」弗拉捧說。

「不，」弗瑞德猶豫了一下說，「不——如果這個可憐的傢伙走了這麼遠的路，我們應該接見他。叫他進來，漢尼保。」

首席顧問大臣很高興，這進一步證明國王有新的作為，而且體恤百姓。於是他急忙走到門口，吩咐衛兵讓牧羊人進來。國王又坐回他的王座，史必唾和弗拉捧也一臉不高興地回到他們的座位。

老人在長長的紅地毯上踩著蹣跚的步伐走向國王，他看起來飽經風霜，全身髒兮兮，臉上的鬍鬚也亂如蓬草，破舊的衣服上縫了許多補靪。他拿下他的帽子，一臉惶恐地朝國王走去。當他走到謁見者通常會停下來鞠躬或行屈膝禮的地方時，忽然跪了下去。

「陛下！」他氣喘吁吁地說。

「陛陛陛陛陛——陛下，」史必唾小聲地模仿他，故意把牧羊人的聲音學得像綿羊叫。

弗拉捧抖著下巴無聲地笑。

「陛下，」牧羊人繼續說，「為了見您，我長途跋涉了五天，一路上非常辛苦，遇到運草料的車我就坐車，沒有車我就徒步，我的靴子都走出許多破洞了——」

「唉，有話快說吧。」史必唖喃喃地說，仍然用手帕掩著他的長鼻子。

「——但這一路上，我一直想著老派奇，陛下，以及如果我能抵達王宮，陛下您會如何幫助我——」

「什麼是『老派奇』，這位好人？」國王問道，兩眼注視著牧羊人破舊的褲子。

「是我的老狗，陛下——或許，應該說以前是。」牧羊人含著淚回答。

「啊，」弗瑞德國王說，伸手去取掛在他腰上的錢包，「那麼，好牧羊人，拿這幾個金幣去買一隻新的——」

「不，陛下，謝謝您，但這不是金幣的問題，」牧羊人說，「再找一隻小狗很容易，但牠永遠比不上老派奇。」牧羊人用袖子擦他的鼻涕。史必唖不由得起了雞皮疙瘩。

「那麼，你為什麼來見我呢？」弗瑞德國王盡可能以他最和氣的口吻問。

「來告訴您，老派奇如何結束牠的生命，陛下。」

「啊，」弗瑞德國王說，看看壁爐上的金色座鐘，「我們很想聽故事，但午餐——」

「牠是被伊卡伯格吃掉的，陛下。」牧羊人說。

在場的人都驚訝得安靜無聲，然後史必唖和弗拉捧放聲大笑。

牧羊人滿眶的淚水紛紛跌落在紅地毯上。

「啊，陛下，從酒香城到泡芙城這一路上，當我告訴人們我為什麼要來謁見您時，他們也都笑我。他們笑我傻，說我頭殼壞掉，但我親眼看到那個怪物，可憐的派奇被吃掉以前也看到牠了。」

弗瑞德國王有股衝動，很想和兩位勳爵一起哈哈大笑。他想吃午餐，他想擺脫這個老牧羊人，但那個小小的聲音同時也在他的腦子裡對他說：**自私、虛榮，而且冷酷無情**。

「你何不告訴我發生了什麼事？」弗瑞德國王對牧羊人說。兩位勳爵立刻就不笑了。

「是這樣的，陛下，」牧羊人說，又用他的衣袖擦拭鼻子。「當時天剛亮，霧很濃，派奇和我沿著沼澤邊緣走回家。派奇看到一隻沼澤隱鼠——」

「看到一隻什麼？」弗瑞德國王問。

「一隻沼澤隱鼠，陛下，那是身上沒有毛、長得像耗子的東西，住在沼澤地裡。如果不介意牠的尾巴，把牠們拿來做成派烤來吃倒還不錯。」

弗拉捧一副快吐出來的樣子。

「派奇看到沼澤隱鼠，」牧羊人繼續說道，「牠就去追，我大聲叫派奇，喊了又喊，但牠只顧追不肯回來。接著，陛下，我聽到一聲狗吠，『派奇！』，我大聲喊。『派奇！你怎麼啦，孩子？』但派奇沒有回來，陛下，然後我在霧中看到牠了，」牧羊人低聲說，「非常巨大，兩隻眼睛像燈籠，嘴巴有寶座那麼寬，一排恐怖的牙齒在我面前閃閃發亮。於是我忘了老派奇，陛下，我拔腿就跑，一直跑一直跑，拚命跑回家。第二天我就出發來見您了。伊卡伯格吃了我的狗，陛下，我希望牠得到懲罰！」

國王凝視了跪在地上的牧羊人一會兒，然後緩緩站了起來。

「牧羊人，」國王說，「我們今天就向北方前進，去調查伊卡伯格，一勞永逸解決這件事。如果能找到這個怪物的痕跡，你放心，我們一定會找出牠的巢穴，懲罰牠粗暴地吃了你的狗。現在，把這幾枚金幣拿去，雇一輛草料車，回家去吧！」

「兩位爵爺，」國王轉向目瞪口呆的史必唾和弗拉捧說，「請換上你們的騎馬裝備，隨我去馬廄。我們要進行一次前所未有的狩獵！」

10

# 弗瑞德國王的遠征

弗瑞德國王從謁見廳慢慢走回去，心中十分高興。再也不會有人說他自私、虛榮，而且冷酷無情了！為了一個臭氣熏天、頭腦簡單的老牧羊人，和他那隻沒用的老雜種狗，他，勇敢的弗瑞德國王，即將去獵捕伊卡伯格！事實上，根本沒有這種東西，但他仍然親自騎馬遠征這個國家的另一端去證明牠不存在，展現他美好、高貴的一面！

完全忘了午餐這回事的弗瑞德國王，匆匆上樓回到他的寢宮，大聲呼喚他的男僕過來協助他脫下那套難看的黑衣服，換上他的戰袍。在此之前他始終沒有機會穿它。他的上衣是鮮紅色，上面有金鈕釦。一條紫色的綬帶上別著許多只有國王才可以佩戴的徽章。弗瑞德從鏡子裡看到自己穿上戰袍竟然這麼好看時，不禁嘀咕為何以前沒有經常穿它。當他的男僕將國王的羽毛頭盔放在他金黃色的鬈髮上時，弗瑞德想像自己在畫像上穿著這身戎裝，坐在他最愛的乳白色坐騎上，手持長矛刺向一隻爬蟲類似的怪物，一個名副其實的「勇敢的弗瑞德國王」！現在，他反而希望真的有伊卡伯格了。

在此同時，首席顧問大臣正派人去城中城傳話，說國王即將出發到鄉下，所有人都應該出來歡送。漢尼保沒有提到伊卡伯格，因為他不想讓國王出糗。

不幸的是，那個名叫癩子的僕役偷聽到兩名顧問大臣湊在一起竊竊私語，談論國王的奇怪計畫。癩子立即告訴打雜的女僕，女僕又把話傳到廚房，那裡剛好有個來自男爵鎮的香腸商人正在和廚子聊天。沒多久，當國王一行人馬準備出發時，消息已傳遍整個城中城，說國王要騎馬到北方去獵捕伊卡伯格。同時，消息也開始傳到泡芙城各個角落。

「這是在開玩笑嗎？」首都居民群集在道路兩旁準備歡送國王時相互詢問，「這意味著什麼？」

有些人聳肩，笑著說國王不過是出遊罷了；其他人則搖頭喃喃地說一定有什麼內情，一個國王不會無緣無故全副武裝騎馬遠征北方。憂心忡忡的居民則互相詢問，國王是否知道什麼我們不知道的事？

艾絲蘭妲小姐與宮廷裡的其他小姐一起站在宮殿陽台上，觀看士兵集合。

我要告訴你一個其他人都不知道的秘密，艾絲蘭妲小姐絕不會嫁給國王，即使國王向她求婚。你要知道，她暗地裡愛戀一個人，這個人名叫古德菲上尉，此刻他正在陽台底下的王宮庭園，和他的好友比米希少校說說笑笑。艾絲蘭妲小姐非常害羞，她始終鼓不起勇氣和古德菲上尉說話，所以他不知道宮廷裡的第一美女愛上了他。古德菲的父母已經去世，他們生前是美酪城的起司製造商，儘管古德菲聰明又勇敢，但在那個時代，起司製造商的兒子是不會期盼能娶一個貴族出身的小姐為妻的。

這時，所有僕人的子女都提早放學，以便歡送戰隊出發。糕點主廚比米希太太當然也趕到學校把伯特接回家，這樣他才有個好的位置看著他的爸爸經過。

當王宮大門終於打開，騎兵隊慢慢走出來時，伯特和比米希太太使盡力氣高聲歡呼。很久以來都沒有人看過戰袍了，這是令人興奮的一刻，而且那些戰袍多麼好看！陽光照耀在金色的鈕釦、銀色的劍，和號角手閃亮的喇叭上。在宮殿的陽台上，宮廷小姐們手上揮動的手帕宛如鴿子在陽光下飛舞。

弗瑞德國王騎在他的乳白色駿馬上，走在隊伍前面，他一隻手握著鮮紅色的韁繩，另一隻手向群眾揮手致意。緊跟在他後面的，是騎著一匹黃色的瘦馬，一臉厭煩的史必唾。接著是弗拉捧，他坐在他那匹高大的栗色馬上，因為沒有吃午餐而生著悶氣。

跟在國王和兩位勳爵後面的是皇家衛隊，除了比米希少校騎他的深灰色公馬外，其餘的一律騎灰色花斑馬。比米希太太看到她的丈夫如此帥氣，一顆心不禁怦怦跳動。

「祝你好運，爸爸！」伯特大叫。比米希少校對他的兒子揮揮手（雖然他不應該這麼做）。

隊伍緩緩下山，沿途對城中城內夾道歡呼的群眾微笑，這樣一直來到通往泡芙城的城門。多夫泰家的小屋就隱身在群眾後面，多夫泰先生和黛西也已經出來站在他們的花園裡，但他們被人群遮住視線，只能看到經過的皇家衛隊頭盔上的羽毛。

黛西對這些士兵不太感興趣。她和伯特仍然沒有互相交談。事實上，他現在不管是早上還是下課時間都和羅得理在一起。羅得理經常嘲笑黛西只穿工作服不穿裙裝，因此歡呼聲和馬蹄聲一點也提不起她的勁。

「事實上沒有伊卡伯格，不是嗎，爸爸？」她問。

「沒有，黛西，」多夫泰先生嘆一口氣，轉身走回他的工作坊，「沒有伊卡伯格，但假如國王願意相信，就讓他去吧，他在沼澤地裡不可能造成太大的危害。」

這正足以顯示，即使是明智的人，也可能看不出恐怖的、迫在眉睫的危險即將來臨。

〈恐怖的沼澤〉
李翎榕/13歲/台灣雲林

# 11

# 揮軍北上

弗瑞德國王騎著馬離開泡芙城進入鄉間，他的情緒越來越高昂。國王突然遠征去搜捕伊卡伯格的消息，現在已傳到在丘陵起伏、綠油油的田間工作的農民耳中。當國王的大隊人馬經過時，他們紛紛攜家帶眷，跑出來迎接國王、兩位勳爵，以及皇家衛隊。

由於沒有吃午飯，國王決定在美酪城停下來吃一頓遲來的晚餐。

「我們簡單吃吧，和士兵們一樣，夥伴們！」當他們進入這座以起司聞名的城市時，國王對他的人馬大聲說，「明天天亮再出發！」

但是，當然啦，國王是不可能簡單吃的。美酪城最高檔的客棧的房客被趕了出去，把房間讓給國王睡。因此，弗瑞德在吃了一頓豐盛的香烤起司和巧克力火鍋後，當天晚上睡在一張鋪了鴨絨床墊的銅床上。史必唾動爵和弗拉捧動爵則被迫睡在馬廄頂上的一個小房間。他們兩人整天騎在馬背上，這時早已全身痠痛。你可能會想，他們不是一個星期出去打獵五次嗎？但事實上，他們通常在狩獵半小時之後就偷偷溜到一棵樹後面坐下來吃三明治、喝葡萄酒，等回宮的時間到了才和大夥兒一起回去，所以兩人都不習慣長時間坐在馬鞍上。史必唾那個骨頭比肉多的屁股已經開始起水泡了。

第二天一大早，比米希少校向國王報告，說男爵鎮居民對於國王選擇在美酪城過夜，沒有在他們美麗的鎮上過夜，感到非常沮喪。弗瑞德國王擔心人民對他的愛戴會減弱，便指示大隊人馬在郊區的田園繞了一個大圈子，接受農民的夾道歡迎，直到天黑之後才進入男爵鎮。嘶嘶作響的香腸飄出的美味香氣迎接國王一行人進城，一群歡天喜地的民眾手持火把，護送弗瑞德到鎮上最好的客棧。國王在這裡吃了烤牛肉和蜜汁火腿，之後睡在一張鋪了鵝絨床墊的雕花橡木床上。史必嗹和弗拉捧則不得不擠在閣樓上的一個小房間睡覺——這裡是兩名女傭平時睡覺的地方。這時候，史必嗹的屁股早已疼痛不堪，他對於自己被迫騎馬繞了個四十英里大圈，純粹只是為了取悅鎮上那些灌香腸的人而感到非常氣憤。弗拉捧在美酪城吃了太多起司，又在男爵鎮一口氣吃了三塊牛排，結果消化不良，整夜都在呻吟，難以入睡。

第二天，國王和他的人馬再度出發。這次他們朝著北方前進，很快就經過許多葡萄園，採摘葡萄的人紛紛跑出來揮舞豐饒角國國旗，國王愉悅地對他們揮手致意。史必嗹雖然在屁股底下多加了一個軟墊，仍然疼痛得快哭出來。而弗拉捧的打嗝聲和呻吟聲，在達達的馬蹄和馬轡的叮噹聲中依舊清晰可聞。

那天傍晚抵達酒香城時，他們接受號角聲和全城居民高唱國歌的熱烈歡迎。晚上，弗瑞德享用了一頓氣泡酒與松露大餐，然後睡在一張絲綢般柔軟光滑、鋪了天鵝絨床墊的四柱大床上。但史必嗹和弗拉捧卻被迫和兩名士兵一起擠在客棧廚房頂上的一個小房間過夜。喝得醉醺醺的酒香城居民步履蹣跚地走過街頭，歡慶國王蒞臨他們的城市。當晚，史必嗹大半夜都坐在一桶冰塊上。而弗拉捧因為喝太多紅酒，已抱著第二個桶子在廚房一角大吐特吐。

第二天，天剛破曉，國王和他的隊伍便啟程前往沼澤地。酒香城的市民辦了一場遠近馳名的歡送會，在道路兩旁以震耳欲聾的軟木塞開瓶聲歡送他們上路，史必唾的馬受到驚嚇，後腳直立，害他從馬背上摔下來。他們幫史必唾撣掉身上的塵土，將軟墊塞回他的屁股底下，弗瑞德也止住笑聲，一行人才又繼續往前行。

很快地，他們離開了酒香城，四周只聽到鳥叫聲。在整個旅程中，他們第一次發現道路兩旁空無一人。漸漸地，蔥鬱的綠色大地轉為稀疏的乾草地、扭曲變形的樹木，和巨大的岩石。

「多麼壯麗的地方，不是嗎？」國王轉頭愉快地對史必唾和弗拉捧說，「我很高興終於見到沼澤地了，你們覺得呢？」

兩位勳爵滿口附和，但是等弗瑞德把頭轉回去又面向前方時，他們卻對著國王的後腦勺比出粗魯的手勢，甚至張嘴無聲地罵著更粗魯的話。

最後，國王的人馬終於遇到幾個路人。這些沼澤地人看得目瞪口呆！他們和牧羊人進了謁見廳一樣，立刻雙腿下跪，完全忘了要歡呼或鼓掌，只是張大了嘴巴，好像從來沒有見過國王與皇家衛隊出行似的——確實，他們從未見過，因為弗瑞德國王登基後雖然曾經出訪豐饒角國的各大城市，但沒有人認為這個偏遠的沼澤地值得他一遊。

「是的，這些人頭腦簡單，但仍教人感動，不是嗎？」國王愉快地對他的人員說。

幾個衣衫襤褸的兒童看到那些高大的駿馬不禁發出驚呼，他們一輩子也沒見過如此光澤美麗，受到良好照顧的動物。

「我們今晚要在哪裡過夜？」弗拉捧望著前方這些搖搖欲墜的石頭屋，低聲問史必唾，「這裡根本沒有酒館！」

「至少，有件事讓人感到安慰，」史必唾低聲回答，「這下子他不得不跟我一樣湊合著簡單過夜了，我們倒是看他會有多喜歡。」

他們繼續騎了一個下午，終於在太陽開始下山時瞥見傳聞中伊卡伯格出沒的沼澤：一大片黑忽忽的地面佈滿奇形怪狀的岩石。

「陛下！」比米希少校大聲說，「我建議我們現在紮營，明天早上再探索這片沼澤地！如同陛下所知，沼澤可能十分危險！它會忽然起霧，我們最好白天再接近！」

「胡說！」弗瑞德說，坐在他的馬鞍上躁動，像個興奮的小學生。「都已經在望了，我們現在不能停下來，比米希！」

國王已經下令，大隊人馬只好繼續往前走，終於，當月亮升起，在墨一般黑的雲朵後面若隱若現時，他們抵達了沼澤邊緣。這裡是他們任何人見過最詭異的地方，荒涼、空蕩、與世隔絕。一陣涼颼颼的微風吹動燈心草，彷彿有人在竊竊私語，但除此之外是一片死寂。

一會兒後，史必唾動爵說：「如您所見，陛下，這地面非常鬆軟，綿羊和人類如果太深入，一樣會被吸進去，然後，那些愚笨的人很可能在黑暗中將這些巨大的岩石誤認為怪物。連這些小草摩擦的聲音，都可能被誤認為某種生物發出的嘶嘶聲。」

「是的，沒錯，一點都沒錯，」弗瑞德國王說，但一雙眼睛依舊凝視著黑漆漆的沼澤，彷彿認為伊卡伯格會從岩石後面蹦出來。

「那我們在這裡紮營吧，陛下？」弗拉捧動爵問。他從男爵鎮帶了幾塊已經冷掉的餡餅出來，急著想把它們當晚餐吃。

「即使是想像的怪物，我們也無法在黑暗中看到牠。」史必唾說。

「說得也是，說得也是，」弗瑞德國王遺憾地說，「我們就——我的天，起霧了！」

確實，就在他們望著前方的沼澤時，不知不覺間，一陣白色的濃霧突然無聲無息地迅速聚攏包圍了他們，誰也沒有注意到。

〈What do you want to eat？〉
徐浚瑋/14歲/台灣彰化

12

# 國王遺失了寶劍

才短短幾秒鐘，國王的人馬彷彿個個都戴上厚厚的白眼罩，四周的霧厚重到伸手不見五指。霧氣中有一股沼澤、鹹水，以及爛泥巴的腥臭味。許多人只能暈頭晃腦地在原地轉動，腳下的爛泥似乎開始移動。他們試圖尋找彼此，卻失去了方向感，每一個人都感覺自己彷彿在白茫茫的大海中漂浮。而比米希少校是少數幾個能保持冷靜的人之一。

「小心！」他大聲說，「地面危險，保持靜止，不要動！」

但弗瑞德國王忽然害怕起來。他沒有注意聽，立刻往他認為是比米希少校所在的方向走，但才走幾步，他就覺得自己正在陷進冰冷的沼澤中。

「救命！」冰冷的沼澤水淹過他晶亮的皮靴表面時他開始大叫，「救命！比米希，你在哪裡？我要沉下去了！」

國王的呼救聲立刻引發驚慌的叫喊與盔甲的碰撞聲。士兵們急忙從四面八方趕去尋找國王，卻互相撞上，並滑倒在地，但國王拚命掙扎的呼救聲仍蓋過其他每個人的聲音。

「我的靴子掉了！為什麼沒有人來救我？**你們都在哪裡？**」

濃霧聚攏時，史必唾動爵和弗拉捧動爵是唯一聽從比米希少校的忠告在原地不動的人。史必唾緊緊拽著弗拉捧的緊身褲，弗拉捧則緊緊抓著史必唾的騎裝下襬。兩人壓根兒沒打算去救弗瑞德，只是站在那裡瑟瑟發抖，等著周圍恢復平靜。

「至少，如果那個傻瓜被沼澤吞了，我們就可以回家了。」史必唾對弗拉捧小聲說。

情況越來越混亂，有幾個皇家衛隊隊員在試圖尋找國王時也陷入沼澤中，空氣中充滿咯吱聲、鏗鏘聲和叫喊聲。比米希少校大聲吼叫試圖恢復秩序，但是徒勞無功。國王的聲音似乎逐漸消失在伸手不見五指的黑夜中，越來越微弱，彷彿他正鑄下大錯，離他們越走越遠。

接著，從黑暗的核心中，忽然傳來一聲驚恐的尖叫聲。

「**比米希，救命，我看到怪物了！**」

「我來了，陛下！」比米希少校大聲喊，「繼續喊，陛下，我會找到您！」

「**救命！救命，比米希！**」弗瑞德國王大叫。

「這個白癡是怎麼啦？」弗拉捧問史必唾，但史必唾還來不及回答，周圍的霧氣忽然散開，如同它們聚攏時一樣快速。此刻兩人並肩站立的地方形成一塊小空地，他們可以看見彼此，但白色的濃霧仍然像一堵高牆般圍繞著他們。國王、比米希，以及其他士兵的聲音變得越來越微弱。

「現在先不要動，」史必唾警告弗拉捧，「等霧再散一點，我們就能找到馬，撤退到一個安全的——」

但就在這時，一個黏糊糊的黑影忽然從霧牆中噴出來，對著兩位勳爵衝過去。弗拉捧發出一聲尖銳的驚叫，史必唾朝那個東西一拳打過去，但沒有擊中，因為他撲倒在地上嗚嗚的哭。史必唾這才認出，眼前這個語無倫次、上氣不接下氣、全身黏糊糊的怪物，事實上是勇敢的弗瑞德國王。

「謝天謝地，我們找到您了，陛下，我們一直在到處尋找！」史必唾大聲說。

「伊卡——伊卡——伊卡——」國王嗚咽地說。

「他在打嗝，」弗拉捧說，「趕快給他一個驚嚇。」

「伊卡——伊卡——伊卡伯格！」弗瑞德呻吟，「我看——看——看見牠了！一個巨大的怪物——我差點被牠抓到！」

「請陛下再說一遍？」史必唾問。

「那個個——怪物是真的！」弗瑞德用力喘氣，「我很幸運能活——活著回來！上馬！我們必須逃離這裡，而且要快！」

弗瑞德國王試圖抓住史必唾的大腿讓自己站起來，但史必唾立刻閃開，以免沾到國王身上那黏糊糊的淤泥，然後他伸手拍拍弗瑞德的頭頂，那裡是弗瑞德全身上下最乾淨的地方。

「呃——得了，得了，陛下，您遭遇到最痛苦的經驗，陷入沼澤裡。我們剛才說過，這些奇岩怪石在這樣的濃霧中，的確會被誤認為怪物——」

「可惡，史必唾，我知道我看到了什麼！」國王大聲說，搖搖晃晃地自己站起來，「牠有兩匹馬那麼高，兩隻眼睛像巨大的燈籠！我拔出我的劍，但手一滑，劍掉了，我只好趕快把兩隻腳從靴子裡拔出來，然後爬著回來！」

此時，第四個人進入這塊濃霧中的小空地：羅得理的爸爸羅奇上尉。他是比米希少校的副指揮官，身材高大粗壯，臉上蓄著黑鬍子。羅奇上尉到底是個什麼樣的人，我們很快就會揭曉！現在你只需知道國王非常高興見到他，因為他是皇家衛隊中塊頭最大的一個。

「你有看到任何伊卡伯格的蹤跡嗎，羅奇？」弗瑞德抽噎著說。

「沒有，陛下，」羅奇恭敬地鞠躬說，「我只看到濃霧和爛泥。無論如何，很高興見到陛下安然無恙，請陛下和兩位大人在這裡等候，我去叫部隊集合。」

說著，羅奇就要離開，但弗瑞德國王急忙大聲說：「不，你留下來陪我，羅奇，萬一那個怪物衝過來！你的步槍還在身上吧？好極了——我遺失了我的劍和我的靴子，你知道，那是我最漂亮的禮服佩劍，劍柄上鑲寶石那一把！」

弗瑞德國王雖然有羅奇上尉陪在身旁，仍然又冷又怕不停地顫抖。他還有一種很不舒服的感覺，似乎沒有人相信他真的看到伊卡伯格，當他瞥見史必唾對弗拉捧翻白眼時，那種感覺更強烈。

國王的自尊心受傷了。

「史必唾，弗拉捧，」他說，「我要取回我的劍和我的靴子！它們在那邊的某個地方。」他說，朝濃霧的方向用手一揮。

「等——等霧散了不是更好找嗎，陛下？」史必唾緊張地說。

「我要我的劍！」弗瑞德國王怒聲說，「那是我祖父的劍，而且它非常值錢！你們兩個都去找，我和羅奇上尉在這裡等，不許空手回來！」

〈前往沼澤〉
鄭佾庭/13歲/台灣彰化

13

# 發生意外

兩位勳爵毫無選擇，只好讓國王和羅奇上尉待在濃霧中的小空地，他們進入沼澤。史必唾走在前面，用他的腳尖試探，尋找地上的最堅實地方。弗拉捧緊跟在他後面，仍然緊緊抓著史必唾的外套下襬，因為他實在太重了，每走一步身體就往下陷一點。濃霧黏在他們的皮膚上，又濕又冷，而且幾乎什麼也看不見。儘管史必唾十分小心，兩位勳爵的靴子還是很快就滲滿了髒水。

「該死的笨蛋！」當他們踩著爛泥咯吱咯吱地前進時，史必唾喃喃咒罵，「愚蠢的小丑！都是他害的，沒腦筋的白癡！」

「那把劍永遠丟了算他活該。」弗拉捧說。現在沼澤水幾乎淹到他的腰了。

「我們最好不要這樣想，否則會在這裡待一整夜。」史必唾說，「唉，該死的霧！」

他們費力地前進，每走幾步路霧就散一點，然後又再度聚攏。巨大的怪石有如幽靈大象似地突然出現，蘆葦的沙沙聲聽起來就像蛇在爬。史必唾與弗拉捧雖然知道沒有伊卡伯格這種東西，但內心似乎沒那麼篤定。

「放開我！」史必唾對弗拉捧大吼。弗拉捧一直抓著他的衣服，害他老是以為怪物的爪子或下顎緊咬著他的外套不放。

弗拉捧放開手，但他也被一股沒來由的恐懼感染，於是他解開皮套，取出他的短槍拿在手上。

當前方黑暗中傳出一種怪異的聲音時，他低聲問史必唾：「那是什麼？」

濃霧中傳出低沉的咆哮與掙扎的聲音，兩人心中立刻現出可怕的影像，彷彿有怪物正在啃食皇家衛隊士兵的屍體。

「是誰？」史必唾以尖銳的嗓音大聲問。

從遠處某個地方，比米希少校大聲回應：

「是您嗎，史必唾勳爵？」

「是的，」史必唾大聲說，「我們聽到奇怪的聲音，比米希！你有聽到嗎？」

兩位勳爵覺得那個怪異的咆哮與掙扎似乎越來越大聲了。

這時霧氣飄散，一個有閃亮的白眼睛的巨大黑影赫然出現在他們眼前，並且發出一聲長長的嗥叫。

弗拉捧迅速發射他的短槍，震耳欲聾的槍響似乎震動了沼澤。他們的人員此起彼落的驚叫聲在難以辨識的沼澤中迴盪，接著，彷彿受到弗拉捧的槍聲驚嚇似的，兩位勳爵前方的濃霧有如簾幕般分開，使他們得以清楚看到眼前的景象。

此時，月亮從一片雲後出現，他們看到一塊巨大的花崗岩石，岩石底下長滿雜亂的荊棘，一隻飽受驚嚇、瘦骨嶙峋的狗被困在荊棘中，牠不斷地嗚咽、掙扎試圖脫困，兩隻眼睛在月光的映照下炯炯發光。

巨石再過去不遠的地方，比米希少校面朝下躺在沼澤上。

「出了什麼事？」濃霧中有幾個人大聲問，「是誰開的槍？」

史必唾和弗拉捧都沒有回答。史必唾立刻涉水過去察看比米希少校，但他很快就發現：比米希少校被弗拉捧在黑暗中發射的槍彈擊中心臟，已經死了。

「我的天啊，我的天啊，我們怎麼辦？」弗拉捧趕到史必唾身邊時驚慌地連聲說道。

「安靜！」史必唾低聲說。

在他狡猾、工於心計的一生中，從未像這一刻那樣努力、快速地轉動腦筋。他的視線從弗拉捧與他手上的槍，緩緩移到那隻被困住的牧羊犬身上，再緩緩移到國王的靴子和寶劍——現在他看到了，它們半埋在沼澤裡，距離那塊巨大的岩石只有短短幾英尺。

史必唾費力地走過沼澤，拾起國王的寶劍，用它來砍掉荊棘，為那隻狗解困，然後他狠狠踢了牠一腳，那隻狗狂叫著衝進霧裡。

「聽好，」史必唾回到弗拉捧身邊時低聲說，但他還沒來得及說明他的計畫，另一個高大的身影從霧中出現了：羅奇上尉。

「國王派我來，」上尉喘著氣說，「他嚇壞了，發生了什麼——」

這時，羅奇看見比米希少校動也不動地躺在地上。

史必唾立即意識到必須讓羅奇參與他的計畫，事實上，他會非常好用。

「什麼都不要說，羅奇，」史必唾說，「我告訴你發生了什麼事。」

「伊卡伯格殺死我們勇敢的比米希少校，由於這起悲慘的意外，我們將需要一位新的少校，當然，那個人會是你，羅奇，因為你是副指揮官。我會向國王推薦，為你大幅加薪，因為你是如此英勇——仔細聽，羅奇，當怪物跑進霧裡時，你是**如此**英勇地追逐牠。事情是這樣的，弗拉捧動爵和我看見牠時，牠正在啃食可憐的少校屍體。弗拉捧動爵理智地對空鳴槍，那個怪物受到驚嚇，扔下比米希的屍體逃走了。你勇敢地追上去，想取回國王的寶劍——它有一半插在怪物厚厚的毛皮裡——但是沒有成功，羅奇。可憐的國王一定很傷心，我相信這把珍貴的寶劍是他祖父留下來的，但我想它永遠遺失在伊卡伯格的巢穴裡了。」

說完，史必唾將寶劍用力放在羅奇的一雙大手上。這位新任少校低頭望著鑲滿寶石的劍柄，臉上露出和史必唾一樣冷酷又奸詐的笑容。

「是的，可惜我沒能取回寶劍，大人。」他說，將寶劍藏在他的衣服底下。「現在，讓我們包裹可憐的少校屍體吧，否則其他人看到怪物的獠牙在他身上留下的傷口，就太可怕了。」

「你真是善解人意，羅奇少校，」史必唾勳爵說。於是兩人脫下身上的斗篷包裹屍體。在一旁觀看的弗拉捧大大鬆了一口氣，沒有必要讓任何人知道他誤殺了比米希。

「您能告訴我那個伊卡伯格的長相嗎？史必唾勳爵？」當他們將比米希少校的屍體包裹好後，羅奇問，「因為我們三個人同時看到牠，當然會有相同的印象。」

「說得有道理，」史必唾勳爵說，「根據國王的說法，那隻怪獸有兩匹馬那麼高，眼睛像燈籠一樣。」

「事實上，」弗拉捧說，用手一指，「牠看起來很像這塊大石頭，石頭下面有一對閃亮的狗眼睛。」

「有兩匹馬那麼高，眼睛像燈籠一樣。」羅奇重複一遍，「很好，大人，請兩位幫忙將比米希放在我的肩膀上，我把他扛到國王那裡，然後我們可以解釋少校是怎麼死的。」

〈牧羊犬與荊棘〉
許奕晨/8歲/美國

# 14

# 史必唾勳爵的計畫

大霧終於散去，一群人現出身形，這群人和一個小時前抵達沼澤邊緣的隊伍有了極大的差異。

他們除了對比米希少校的突然死亡感到震驚之外，少數幾個皇家衛隊成員也對他們聽到的解釋感到困惑。兩位勳爵、國王，以及被倉卒提拔的羅奇上尉，都信誓旦旦地宣稱他們親眼見到怪物——而這麼多年以來，除了最愚蠢的人以外，其他人都把牠當作童話故事。

「你是說我是騙子？」羅奇少校對一個年輕的二等兵咆哮。

「你是說**國王**是騙子？」弗拉捧勳爵怒吼。

二等兵不敢質疑國王所說的話，所以他搖頭。和比米希少校特別要好的古德菲上尉不發一語，但臉上的表情看得出充滿了憤怒與懷疑，於是羅奇命令他去找個最堅實的地面搭帳篷，而且動作要快，因為危險的大霧可能還會再回來。

儘管睡在草編的床墊上，為了讓他舒服一點，連士兵的毯子都拿給他使用，但弗瑞德國王仍然度過一個極不舒服的夜晚。他累得要命，身上又髒又濕，最主要的是，他非常害怕。

「萬一伊卡伯格來找我們怎麼辦，史必唾？」國王在黑暗中低聲說，「萬一牠循著我們的氣味而來怎麼辦？牠已嚐過可憐的比米希的滋味了，萬一牠來找剩下的屍體呢？」

史必唾試圖安慰國王。

「不要怕，陛下，羅奇已命令古德菲上尉在您的帳篷外面守護，無論誰被吃掉，您都會是最後一個。」

光線太暗，所以國王看不到史必唾臉上的奸笑。史必唾不但不想安慰國王，他還希望能煽動國王的恐懼。他整個計畫的依據是：國王不但相信真的有伊卡伯格，還擔心牠或許會離開沼澤追過來。

第二天早上，國王一行人啟程返回酒香城。史必唾已經先派人傳達消息，告訴酒香城市長：沼澤地區發生一起嚴重的意外事故，國王不希望有任何號角或軟木塞的歡迎儀式。因此，當一行人抵達時，酒香城市區的街道靜悄悄的，居民們把臉頰貼在窗戶上，或從門縫偷看。當他們看到國王髒兮兮的可憐模樣時都很吃驚。更令人震驚的是，他們看到一具用披風包裹的屍體被綁在比米希少校的鐵灰色駿馬上。

隊伍抵達客棧時，史必唾把客棧老闆拉到一旁。

「我們需要一個冰冷、安全的地方，也許是地窖，好存放屍體過夜，而且地窖鑰匙必須由我親自保管。」

「發生了什麼事，大人？」當羅奇抬著比米希的屍體走下階梯進入地窖時，客棧老闆問道。

「我老實告訴你，我的好人，看在你盡心盡力招呼我們的份上，但這件事不能傳出去。」史必唾正經八百地低聲說，「伊卡伯格真的存在，還野蠻地殺死一個我們的隊員。我想你應該了解，為什麼這件事不能傳出去，否則會立刻引起恐慌。國王正盡快返回王宮，他和他的顧問大臣——當然，包括我在內，會立即研擬一套措施來保護國家的安全。」

「伊卡伯格？真的存在？」客棧老闆又驚又怕地說。

「真的存在，而且報復心很強，又很凶猛。」史必唾說，「但是，我說過，這件事不能傳出去，散佈恐慌對誰都沒有好處。」

事實上，史必唾正希望散佈恐慌，因為這對他的下一步計畫十分重要。而正如他的預期，客棧老闆等他的房客都入睡之後，立即告訴他的妻子。妻子又跑去告訴鄰居，等次日上午國王一行人啟程前往美酪城時，恐慌已像葡萄酒般在酒香城內發酵。

史必唾已經先傳達信息給美酪城，同樣提醒這個製造起司的城市不要驚擾國王，因此國王一行人進入街道時，整座城市黑漆漆的、寂靜無聲，窗戶內已有一張張恐懼的面孔，因為一個來自酒香城的商人，早在一個小時前就已快馬加鞭，將有關伊卡伯格的謠言帶到美酪城。

史必唾又再一次要求借用地窖存放比米希少校的屍體，並同樣告訴客棧主人伊卡伯格殺死一個國王的隨行人員。史必唾確認比米希的屍體安全地鎖在地窖之後才上樓睡覺。

當他正在為他起水泡的屁股塗抹藥膏時，忽然接到國王的緊急傳喚。史必唾得意地笑笑，穿上他的緊身褲，對正在享用起司酸黃瓜三明治的弗拉捧擠擠眼睛，拿起蠟燭，進入走道來到國王房間。

國王戴著他的絲質睡帽瑟縮在床上，等史必唾關上房門，他立即說：

「史必唾，我一直聽到有關伊卡伯格的耳語。馬童在談論，連剛剛從我房門經過的女僕也在談。這是為什麼？他們怎麼知道發生了什麼？」

「唉，陛下，」史必唾嘆氣，「我原本希望能瞞著您，直到我們安全返回王宮再說的，但我早該想到陛下您太聰明了，什麼事都瞞不了您。自從我們離開沼澤後，陛下，伊卡伯格，如同陛下您所擔心的，已變得更有侵略性了。」

「喔，不！」國王呻吟。

「恐怕是這樣的，陛下，畢竟，攻擊牠勢必會使牠更危險。」

「可是，是誰攻擊牠呢？」弗瑞德問。

「怎麼，是您呀，陛下，」史必唾說，「羅奇告訴我，那個怪物逃走時，您的劍有一半插進牠的脖子裡──抱歉，陛下，您說什麼？」

其實，國王只是哼了一下，但過了一、二秒後，他搖了搖頭。他本來想糾正史必唾──他確定自己當時不是這樣說的，但史必唾此刻所說的，比他在沼澤內的可怕經驗體面多了──也就是說：他勇敢對抗伊卡伯格，而不是扔下劍落荒而逃。

「但這太可怕了，史必唾，」國王低聲說，「如果那個怪物越來越凶猛，我們會怎樣？」

「不要怕，陛下，」史必唾說著靠近國王，燭火由下往上照亮他的長鼻子和他冷酷的微笑，「我會把保護您和王國不受伊卡伯格的攻擊，視為我一生的使命。」

「謝──謝謝你，史必唾，你是一個真正的朋友。」國王說，深受感動。他哆嗦地從鴨絨被內伸出一隻手，握住狡猾的史必唾勳爵的手。

〈喝醉的勳爵們〉
吳欣晏/14歲/台灣屏東

15

# 國王歸來

第二天早晨國王出發返回泡芙城時，伊卡伯格殺死一個人的謠言不僅越過橋樑進入男爵鎮，甚至滲入了首都——這是由一小撮起司製造商散佈的，他們在天沒亮就出發了。

然而，泡芙城不僅距離北方沼澤地最遠，城內的居民也遠比豐饒角國其他城鎮居民有更多的見識，教育程度也比較高。因此，當恐慌浪潮傳到首都時，人們普遍都不相信。

泡芙城內的酒館與市集到處可見激烈的爭辯，抱持懷疑的人譏笑伊卡伯格存在的荒謬想法；其餘則表示，沒去過沼澤地的人不應該假裝他們是這方面的專家。

謠言傳到南方時又被加油添醋，增添了許多色彩。有些人說伊卡伯格殺死三個人，還有人說牠僅僅扯掉某個人的鼻子。

但在城中城內，人們除了談論之外還多了一點焦慮。皇家衛隊的妻子、兒女及朋友都為這些士兵擔心，但他們彼此互相安慰，說如果她們的男人遇害，家屬一定會接到信差的通知，比米希太太就是這樣安慰伯特的。伯特對同學之間盛傳的謠言嚇壞了，跑到王宮的廚房找媽媽。

「如果爸爸出了任何事，國王會通知我們，」她告訴伯特，「來，給你吃塊點心。」

比米希太太為國王的歸來準備了一些「天堂的希望」，現在她拿出一個不是很對稱的成品給伯特。伯特倒抽一口氣（因為他只有生日當天才吃過「天堂的希望」），他咬了一口小蛋糕，眼中立即湧現幸福的淚光，天堂般美妙的感覺久久停留在他的口腔內，化解了他的所有憂慮。他興奮地想像他的爸爸穿著帥氣的軍服回家，而他，伯特，明天將成為同學的注意力焦點，因為他會知道國王的人馬在遙遠的沼澤地裡究竟發生了什麼。

當國王的隊伍終於在望時，天色已暗。這一次，史必唾沒有派人通知城內的居民待在家中，當泡芙城居民看見陛下帶著一具皇家衛隊成員的遺體返回王宮時，他要讓國王感受到，人們極度的驚慌與恐懼。

泡芙城居民發現回來的人臉上憔悴、痛苦的表情時，都默默地看著大隊人馬逐漸接近。接著，他們看到那匹鐵灰色的駿馬背上馱著一具包裹的屍體，驚呼聲如火焰般在人群中蔓延。國王的隊伍通過泡芙城狹窄的卵石街道時，男人紛紛脫下他們的帽子，女人行屈膝禮，但他們幾乎無法分辨他們是在向國王致敬，還是向死者致敬。

黛西．多夫泰第一個發現隊伍中少了誰。她從大人的腿縫間望出去，認出那是比米希少校的馬，黛西立刻忘了自從上週打架之後，她和伯特就一直沒再互相交談的事。黛西掙脫她爸爸的手開始跑，用力擠過人群，棕色的馬尾飛揚，她必須在伯特看到馬背上的屍體之前找到他。她必須警告他。但人群擠得水洩不通，黛西雖然跑得很快，還是趕不上馬的腳步。

伯特和比米希太太站在宮廷圍牆陰影下他們的小房舍外面，聽到群眾的驚呼立即知道有問題。比米希太太雖然有些焦慮，仍然確信她會看到她英俊的丈夫，因為假如他有三長兩短，國王一定會通知她的。

因此，當隊伍繞過街口轉角時，比米希太太的兩隻眼睛朝一張張面孔看過去，期待見到少校的臉。當她發現再也沒有更多面孔時，她的臉色逐漸發白，接著她的視線落在比米希少校鐵灰色駿馬背上那具包裹的屍體，接著，她牽著伯特的手，昏了過去。

# 16

# 伯特向爸爸告別

史必唾注意到宮牆邊發生騷動，便勒馬察看出了什麼事。當他看見倒在地上的婦人，又聽到眾人的驚叫與同情聲時，他立即意識到他疏忽了一點，而這個疏忽很可能壞了整個計畫，那就是比米希的遺孀！當史必唾騎馬經過比米希太太身邊時，有許多人圍繞在她身邊，忙著為她搧風，他知道他期待已久的熱水澡必須延後了，他又再度快速地轉動他狡猾的腦筋。

等國王的隊伍安全進入王宮庭園，僕人急忙趕上去協助弗瑞德下馬，史必唾把羅奇少校拉到旁邊。

「那個遺孀，比米希的遺孀！」他低聲說，「你為什麼沒有派人通知她他死了？」

「我壓根兒沒想到這件事，大人。」羅奇老實說。他一路上都在惦記那把寶劍：他要如何賣掉它，以及是否將它分解成碎片，這樣就沒人認得出來了。

「該死，羅奇，一定要每件事都由我來考慮嗎？」史必唾怒聲說，「現在去把包裹比米希少校遺體的骯髒披風取下來，上面覆蓋一面豐饒角國旗，把他擺在藍廳裡，派衛兵在門口守著，然後把比米希太太帶到謁見室來見我。

「還有，下令士兵們在我對他們談話之前，不得回家或與他們的家人交談。我們敘述的內容要一致，這很重要！現在，快去吧，笨蛋！快，比米希的寡婦可能會毀了一切！」

史必唾推開正在協助弗拉捧下馬的士兵與馬童。

「不要讓國王進入謁見室或藍廳。」史必唾在弗拉捧耳邊低聲說，「勸他上床睡覺！」弗拉捧點頭，史必唾匆匆穿過王宮陰暗的走道，邊走邊脫下他沾滿灰塵的騎裝外套，大聲吆喝僕人為他取來乾淨的衣服。

進入空蕩蕩的謁見室後，史必唾穿上乾淨的外套，命令侍女點一盞燈，並給他一杯葡萄酒。然後他等待著。終於，有人敲門。

「進來！」史必唾大聲說，進來的是羅奇少校，後面跟著臉色蒼白的比米希太太和小伯特。

「我親愛的比米希太太……我最親愛的比米希太太，」史必唾說，大步走向她，並握住她的一隻手。「國王要我轉告妳，他非常遺憾，我也獻上我的弔唁，這真是悲劇……多麼可怕的悲劇。」

「為……為什麼沒有人送信來？」比米希太太啜泣，「為……為什麼我們得看到他可憐的……他可憐的遺體才知道？」

她搖晃了一下，羅奇急忙找來一張金色的小椅子。那個名字叫海蒂的侍女端來葡萄酒，當她為史必唾斟酒時，史必唾說：

「親愛的女士，我們事實上有通知，我們有派了一位信差，不是嗎，羅奇？」

「是的，」羅奇說，「我們派了一個年輕人，名叫……」

但羅奇說到這裡忽然停頓，他不是一個很有想像力的人。

「諾比，」史必唾說，這是他第一個想到的名字，「小諾比……鈕頓。」他又加了一句，因為看到搖曳的燭光照亮了羅奇衣服上的金鈕釦，「是的，小諾比．鈕頓自告奮勇，然後快馬加鞭上路。他後來怎麼了？羅奇，」史必唾說，「我們一定要派一支隊伍去尋找，看是否能找到諾比．鈕頓的下落。」

「馬上辦，大人。」羅奇說，深深一鞠躬，然後離開。

「我的丈夫是怎……怎麼死的？」比米希太太低聲說。

「啊，夫人，」史必唾謹慎地說，因為他知道他現在說的故事將成為官方版本，而且必須永遠保持一致。「如同妳所聽到的，我們前往沼澤地，因為我們聽說伊卡伯格擄走了一隻狗。但就在我們抵達後不久，我很遺憾地說，我們大隊人馬便遭到這隻怪物的攻擊。

「牠首先衝向國王，但他非常勇敢地戰鬥，用他的劍刺入怪物的脖子。但對於毛皮很厚的伊卡伯格來說，這不過像被黃蜂叮到一樣。被激怒的牠於是尋找更多受害者，比米希少校雖然英勇抵抗，但是很遺憾，他為了國王犧牲了他的性命。

「然後，弗拉捧動爵急中生智發射他的短槍，這才把伊卡伯格嚇跑。我們將可憐的比米希從沼澤中抱出來，徵求一位志願者將這個不幸的消息通知他的家屬。小諾比．鈕頓自告奮勇，跳上他的馬就出發了，一直到我們抵達泡芙城，我一直以為，他早已趕到這裡通知妳這起可怕的悲劇。」

「我可——可以看看我的丈夫嗎？」比米希太太哭著說。

「當然，當然，」史必唾說，「他現在在藍廳。」

史必唾帶領比米希太太和伯特——他一直緊緊握著媽媽的手——來到藍廳門口，然後他停下腳步。

「我很遺憾，」他說，「我們不能掀開覆蓋在他身上的國旗。他的傷勢太慘烈了，妳知道，那些獠牙與爪子留下的傷口。」

比米希太太的身體又搖晃了一下，伯特抓住她，防止她倒下去。這時，弗拉捧動爵手上捧著一盤餡餅朝他們走過來。

「國王睡了。」他含糊不清地對史必唾說，「喔，哈囉，」他說，望著比米希太太。比米希太太是他認識的少數幾個僕人之一，因為好吃的糕餅都是她烘焙出來的。

「我對少校的事感到很遺憾，」弗拉捧說，口中的餡餅屑噴在比米希太太和伯特的身上，「我一直都很喜歡他。」

說完，他就走了，留下史必唾打開藍廳的門讓比米希太太和伯特進去。比米希少校的遺體躺在裡面，隱藏在豐饒角國的國旗底下。

「可以讓我親吻他最後一次嗎？」比米希太太哭著說。

「恐怕不能，」史必唾說，「他半個臉都不見了。」

「他的手，媽媽，」伯特說，這是他第一次開口，「我相信他的手沒問題。」

史必唾還來不及阻止伯特，伯特已經從國旗底下拉出他爸爸的手，上面沒有任何傷痕。

比米希太太跪下來，一遍又一遍親吻那隻手，直到淚水沾滿他的皮膚，彷彿瓷器般泛著亮光。然後，伯特扶著她站起來，兩人一語不發地離開了藍廳。

〈等待救主〉
吳雅茵/13歲/台灣彰化

# 17 古德菲表明立場

目送比米希太太與她的兒子離開後，史必唾匆匆趕到衛兵室，羅奇正看守著其餘皇家衛隊隊員。衛兵室的牆壁上掛著許多刀劍和一幅弗瑞德國王的肖像，他的一雙眼睛似乎注視著正在發生的一切。

「他們開始煩躁不安了，大人，」羅奇低聲說，「他們想回去與家人團聚和上床睡覺。」

「等我們先聊一聊，然後他們就可以回去了。」史必唾說，面向那群身心俱疲、風塵僕僕的士兵。

「有誰對於在沼澤地發生的事有任何疑問嗎？」他問。士兵們個個你看我、我看你，其中有幾個偷偷瞄一眼羅奇，他站在後面背靠著牆，正在擦拭他的步槍。這時，古德菲上尉與另外兩名士兵舉起手。

「為什麼比米希的遺體在我們任何人看到之前就先包裹了起來？」古德菲上尉問。

「我們聽到槍聲，我想知道子彈射向哪裡？」第二個士兵問。

「為什麼只有四個人看到這個怪物，如果牠真的那麼巨大的話？」第三個士兵問，大家都點頭喃喃附議。

「很好的問題，」史必唾不疾不徐地回答，「讓我來解釋。」

於是他把他對比米希太太敘述的攻擊事件重述一遍。

質疑的士兵仍然不滿意。

「我還是認為一個巨大的怪物出現，我們竟然沒有人看見，這太奇怪了。」第三個士兵說。

「如果比米希被吃掉一半，為什麼沒有見到很多血？」第二個士兵問。

「還有，以所有聖人之名，」古德菲上尉說，「誰是諾比．鈕頓？」

「你怎麼知道諾比．鈕頓？」史必唾不假思索地脫口問道。

「我要來的途中經過馬廄，遇到女僕海蒂，」古德菲說，「她為您服務倒酒給您，大人。她說，您剛才告訴比米希可憐的妻子，有個皇家衛隊隊員名叫諾比．鈕頓。根據您的說法，諾比．鈕頓奉令傳達訊息給比米希太太，告訴她丈夫的死訊。

「但是我不記得我們隊上有哪個隊員名叫諾比．鈕頓，我從來不認識任何一個名叫諾比．鈕頓的人，所以，我請問您，大人，這怎麼可能？怎麼可能一個和我們一起騎馬、和我們一起露營，並且在我們面前接下大人您的指令的人，竟然沒有人見過他？」

史必唾第一個想到的是，他一定要懲罰那個偷聽談話的女僕。幸好，古德菲說出了她的名字，接著他以一種危險的語氣說：

「你有什麼權利代表每個人說話，古德菲上尉？也許在這些人當中，有些人的記憶比你好。也許他們清晰記得可憐的諾比．鈕頓，親愛的小諾比。國王為了紀念他，本週將在每個人的薪酬中多加一袋豐厚的金幣。光榮的、勇敢的諾比，他的犧牲——我擔心那個怪物已經吃了他——意味著他的所有戰友將獲得加薪。高貴的諾比．鈕頓，他最親密的朋友一定會可以快速得到提拔。」

史必唾說完，眾人又是一陣沉默，這個沉默具有冷淡、沉重的特質。現在，整個皇家衛隊已經明白他們所面臨的選擇。他們在心中衡量史必唾對國王的巨大影響力——這早已是人盡皆知的事——以及，羅奇少校現在正以一種威嚇的態度摩挲他的步槍。他們都記得他們的前任指揮官比米希少校突然死亡。他們還想到更多金幣與快速升遷的承諾——如果他們同意相信有伊卡伯格，並相信有二等兵諾比．鈕頓這個人的話。

古德菲猛然站起來，以致於他的椅子啪噠一聲倒下去。

「根本沒有諾比．鈕頓這個人，我也決不相信有伊卡伯格，我不會加入這場騙局！」

另外兩個質疑的人也站起來，但其他皇家衛隊成員仍然坐著，保持緘默與警惕。

「很好，」史必唾說，「你們三個將以叛國的罪名被逮捕，我相信你們的戰友一定記得，當伊卡伯格出現時，你們逃之夭夭。你們忘了你們的職責是保護國王，但你們卻只想自己保命，怯懦地躲起來！現在判你們死刑，並交由行刑隊槍決！」

他挑選八名士兵將這三人帶走，雖然這三位誠實的士兵奮力掙扎，仍然寡不敵眾，束手無策，很快就被拖出衛兵室了。

「非常好，」史必唾對留下來的士兵說，「非常好，全面加薪。現在，不要忘了告訴你們的家人沼澤地究竟發生了什麼，如果有人聽到你們的妻子、父母，以及你們的孩子質疑伊卡伯格或諾比．鈕頓的存在，他們恐怕凶多吉少。」

「現在你們可以回家了。」

18

# 顧問大臣之死

衛兵們剛站起來準備回家，弗拉捧動爵就滿臉憂慮地衝進衛兵室。

「現在又怎麼了？」史必唾呻吟，他實在很想去洗澡睡覺。

「首——席——顧問！」弗拉捧上氣不接下氣地說。

果然，首席顧問大臣漢尼保出現了，他身上穿著睡袍，滿臉怒氣。

「我要求解釋，大人！」他大聲說，「我聽到了什麼事？伊卡伯格，是真的？比米希少校，死了？還有，我剛剛從三個被拖走的國王衛兵身邊經過，他們被判了死刑！當然，我已下令將他們帶去地牢聽候審判！」

「我可以解釋一切，首席顧問。」史必唾鞠躬說道。於是那天晚上第三次，他又敘述伊卡伯格攻擊國王並殺死比米希，然後諾比．鈕頓如何神秘失蹤——史必唾擔心他也同樣被怪物擄走——的故事。

漢尼保他一直對史必唾與弗拉捧對國王的影響力而感到惋惜，他以一種老狐狸在兔子洞口守株待兔的神情，等著史必唾說完他的滿口謊言。

「精采的故事，」史必唾講完後，漢尼保說，「但我現在在此免除您的任何進一步責任，史必唾動爵，現在要由顧問大臣們全權負責，豐饒角國自有處理這種事態的法律條款。

「首先，地牢那幾個人將得到適當的審判，我們才能聽到他們對這些事件的說法。第二，必須從國王的士兵名單中找出這個諾比．鈕頓的家屬，通知他們他的死訊。第三，比米希少校的遺體必須由國王的御醫聯合鑑識，這樣我們對於殺死他的怪物才能有更多的了解。」

史必唾張大了嘴巴，但沒有發出聲音。他看到他的輝煌計畫整個崩毀了，他被自己的自作聰明壓在底下，動彈不得。

這時，站在首席顧問大臣背後的羅奇少校輕輕地放下他的步槍，然後從牆上取下一把劍。他和史必唾互相交換一個眼神，那眼神有如黑水上的一道閃光。然後，史必唾說：

「我想，漢尼保，你可以退休了。」

劍光一閃，羅奇手上的劍尖刺穿了首席顧問大臣的腹部。在場的士兵都發出驚呼，但首席顧問沒有發出任何聲音，他只是兩腿一軟，然後倒下去，死了。

史必唾環視眼前這些同意相信伊卡伯格的士兵們，他喜歡看到每一張臉上充滿恐懼的神情，他可以感受到自己的威力。

「你們每一個人都聽到首席顧問退休前指派我接替他的職務了嗎？」他輕聲問。

士兵們都點頭。他們剛剛在一旁親眼目睹了一樁謀殺案，自覺介入太深而無法提出抗議。現在他們只想活著逃離這個房間，並保護他們的家人。

「非常好，」史必唾說，「國王相信伊卡伯格是真的，我的立場和國王一致。現在我是新任首席顧問，我將制訂一項保護王國的計畫，所有忠於國王的人將會發現他們的生活和以前沒什麼兩樣。任何反對國王的人將像懦夫與叛徒一樣受到懲罰：監禁，或死刑。

「現在，我需要你們其中一個人協助羅奇少校埋葬首席顧問大臣的遺體——而且一定要把他埋在不會被人發現的地方。其餘的可以回到你們的家人身邊，並告訴他們，什麼樣的危險，正威脅著我們心愛的豐饒角國。」

〈美食〉
陳宥鈞/13歲/台灣彰化

## 19

# 艾絲蘭妲小姐

史必唾往地牢的方向走去，剷除了漢尼保，再也沒有人能阻止他殺掉那三個誠實的士兵了，他打算親自射殺他們，之後他還有足夠的時間編個故事——也許可以把他們的屍體拖到陳列王室珠寶的金庫內，做出他們企圖盜取寶物的假象。

然而，正當史必唾伸手去握地牢的門把時，從他背後的黑暗中傳來一個輕柔的聲音。

「您好，史必唾動爵。」

他轉身看見艾絲蘭妲小姐。一頭烏黑秀髮、表情嚴肅的她正從陰暗的螺旋形階梯走下來。

「這麼晚了還沒睡啊，尊貴的女士。」史必唾說，對她鞠躬。

「是的，」艾絲蘭妲說，一顆心急速跳動。「我……我睡不著，就想出來走走。」

這是個假話。事實上，艾絲蘭妲早就熟睡了，但被一陣急促的敲門聲驚醒。她開門，發現海蒂站在門外——就是那個為史必唾倒酒，並聽到他編造有關諾比．鈕頓的謊言的女僕。

海蒂聽了史必唾講述諾比．鈕頓的故事後，對他的居心感到好奇，因此她偷偷跟到衛兵室，將耳朵貼在門上，並聽到門內發生的一切。當那三個誠實的士兵被拖走時，海蒂急忙飛奔上樓叫醒艾絲蘭妲。她想幫助那三個即將被槍決的人。海蒂並不知道艾絲蘭妲暗戀古德菲上尉，只是在所有王宮小姐中，她最喜歡艾絲蘭妲，並且知道她不但善良，而且聰明。

艾絲蘭妲小姐急忙拿了幾個金幣塞在海蒂手上，叮嚀她當天晚上立即離開王宮，因為她擔心她現在的處境可能非常危險。然後艾絲蘭妲一邊打著哆嗦一邊換衣服，拎起一只燈籠就匆匆走下她的房間附近的螺旋階梯。但她還沒走到階梯底下就聽到有人說話的聲音。艾絲蘭妲將燈籠吹熄，聽到漢尼保下令將古德菲上尉和他的兩個朋友帶去地牢，而不是立刻槍決。在那之後，她就一直躲在階梯上，因為她有個預感，那三個人仍有危險——果然，史必唾動爵拿著手槍走向地牢。

「首席顧問也在附近嗎？」艾絲蘭妲問，「我剛才好像聽到他的聲音。」

「漢尼保退休了，」史必唾說，「現在站在您面前的是新任首席顧問，尊貴的女士。」

「哦，恭喜您！」艾絲蘭妲假裝輕快地說，雖然她很害怕，「那麼，地牢裡那三個士兵就由您負責審判了，是嗎？」

「您的消息非常靈通，尊貴的女士，」史必唾說，緊盯著她，「您怎麼知道有三個士兵在地牢裡？」

「我剛好聽到漢尼保提到他們，」艾絲蘭妲說，「他們似乎都是備受尊敬的人。他說他們必須接受公平的審判，這點非常重要。我知道弗瑞德國王一定會同意，因為他非常重視他的子民——這是應該的，一個國王如果想要有所作為，就必須獲得人民的愛戴。」

艾絲蘭妲假裝只考慮國王的聲望，我想十個人中有九個人會相信她。不幸的是，史必唾聽出她的聲音在顫抖，懷疑她必定是愛上其中一個人，才會在黑夜中急急忙忙下樓，希望能拯救她的愛人。

「我猜猜看，」他說，密切盯著她，「您最在乎的是誰？」

如果可以的話，艾絲蘭妲多麼想阻止自己臉紅，可惜她做不到。

「我想不可能是奧登，」史必唾若有所思地說，「因為他是個很普通的人，再說，他已經有妻子了。有可能是瓦格斯塔夫嗎？他是個風趣的人，但容易激動。不是。」史必唾動爵輕聲說，「我想使您臉紅的，一定是英俊瀟灑的古德菲上尉，尊貴的女士艾絲蘭妲。但您真的願意如此紆尊降貴嗎？他的父母只是個起司製造商，您知道的。」

「是起司製造商或是國王，對我來說沒有差別，只要他的表現受人敬重。」艾絲蘭妲說，「如果這些士兵沒有經過審判就予以槍決，國王不會得到人們的尊敬。等他睡醒時，我會這樣告訴他。」

艾絲蘭妲小姐說完便轉身，渾身打著哆嗦走上螺旋階梯。她不知道她這番話是否能挽救那三位士兵的性命，為此，那天晚上她失眠了一整夜。

史必唾仍然站在寒冷的甬道上，直到雙腳冰冷失去知覺。他在琢磨著該怎麼辦。一方面，他很想除掉那幾個士兵，因為他們知道太多。另一方面，他擔心艾絲蘭妲說得有道理：如果那幾個人沒有經過審判就被槍決，人們會責怪國王。這麼一來，弗瑞德就會對他生氣，甚至可能解除他的首席顧問職務。一旦如此，史必唾從沼澤地回來途中所夢想的一切權力與榮華富貴勢必成為泡影。

於是史必唾轉身離開地牢，回房睡覺了。他曾經希望娶艾絲蘭妲為妻，但她卻寧可選擇酪農之子而不選擇他，他感到極大的屈辱。當他吹熄蠟燭時，史必唾打定主意，總有一天，他要讓她為這個屈辱付出代價。

〈艾斯蘭妲〉

陳玟綾/13歲/台灣彰化

# 20
# 頒發勳章給比米希與鈕頓

次日上午，當弗瑞德國王得知他的首席顧問大臣在豐饒角國史上最緊急的這個時刻退休後，他勃然大怒。緊接著，他又得知史必唾動爵將接任首席顧問，這使他大大鬆了一口氣，因為弗瑞德知道，史必唾明白國家目前正面臨極大的危險。

他雖然已經回到王宮，有高大的圍牆、加農砲砲台、鐵閘門，以及護城河的保護，但弗瑞德仍無法擺脫他在這趟旅程中所受到的驚嚇。他把自己關在他的私人寢宮內，三餐都由僕役用金盤端進去給他吃。他不再出去打獵，而是在他的厚地毯上來回踱步，反覆咀嚼他在北方的驚險遭遇，並且只接見他的兩個最要好的朋友——他們處心積慮地，不讓他的恐懼消失。

到了從沼澤地回來的第三天，史必唾神情陰鬱地進入國王的私人寢宮，宣稱被派往沼澤地尋找二等兵諾比．鈕頓下落的士兵們，只找到一雙沾了血跡的鈕頓的靴子、一只馬蹄鐵，和幾塊被啃過的骨頭。

國王臉色發白，一屁股坐在緞面沙發上。

「噢，多麼可怕呀，多麼可怕……二等兵鈕頓……告訴我，他是誰？」

「年輕人，臉上長了雀斑，一個寡母的獨生子，」史必唾說，「皇家衛隊最近招募的新兵，一個前途光明的少年。」

真是悲慘。最糟的是，伊卡伯格殺死比米希和鈕頓後，已愛上人肉的滋味——正如陛下您的預測。真是驚人，容我這麼說，陛下，您一開始就知道牠的危險。」

「那……那可怎麼辦，史必唾？如果那個怪物嗜吃人肉……」

「一切都交給我，陛下，」史必唾安慰道，「我是首席顧問呀，我會夜以繼日保護國家的安全。」

「我真高興漢尼保指派你為他的繼任人，史必唾，」弗瑞德說，「沒有你，我可怎麼辦？」

「這不值一提，陛下，能為如此英明的國王服務是我的榮幸。」

「現在，我們應該討論明天的葬禮。我們打算將鈕頓的遺骸葬在比米希旁邊。這是一件國家大事，您知道，會有個空前盛大的儀式，如果您能頒發『對抗致命伊卡伯格的傑出勇士動章』給兩位罹難者的家屬，我想場面會非常感人。」

「喔，有這種動章？」弗瑞德說。

「當然有，陛下，這提醒了我，您還沒有收到您的動章。」

史必唾從衣服的內袋掏出一枚非常精緻的黃金動章。它幾乎和點心盤一樣大，上面浮雕一隻怪獸，牠的兩隻眼睛鑲著閃亮的紅寶石，正在和一個英俊瀟灑、頭戴皇冠的肌肉男對決，動章上繫著一條鮮紅色的天鵝絨絲帶。

「我的？」國王問，睜大了眼睛。

「當然啦，陛下！」史必唾說，「陛下您不是用您的劍刺進那個怪物令人作嘔的脖子嗎？我們都記得這件事，陛下！」

弗瑞德國王用手指觸摸那個沉甸甸的金牌，他雖然不說一句話，內心卻在默默掙扎。

弗瑞德的誠實以細小而清晰的聲音說：**事情不是那樣的，你知道不是那樣，你在霧中看到伊卡伯格，你扔了劍就跑了，你根本沒有靠近牠！**

弗瑞德的懦弱比他的誠實更大聲：**你已經同意他事情就是如此！如果你承認自己逃跑，那看起來會多麼愚蠢！**

但弗瑞德的虛榮聲音最大：**畢竟，帶頭搜捕伊卡伯格的人是我！最先看到牠的也是我！我應該得到這枚勳章，況且，要是能把它佩戴在那套黑色的喪禮服上，這多麼出色啊。**

於是弗瑞德說：

「沒錯，史必唾，一切都如你所說那樣。當然，我不喜歡誇大。」

「陛下的謙虛眾所周知。」史必唾說，深深一鞠躬，好掩飾他嘲諷的微笑。

第二天被宣告為全國哀悼日，以紀念伊卡伯格的受害者。人群佇立在街道兩旁，目送頭上裝飾羽毛的黑馬拉著靈車經過，車上載著比米希少校和二等兵鈕頓的棺木。

馬車後面是弗瑞德國王，他騎著一匹烏溜溜的駿馬，那枚「對抗致命伊卡伯格的傑出勇士勳章」在他的胸前跳動著，並且在陽光的照射下發出耀眼的光芒，亮得令人無法直視。比米希太太和伯特徒步走在國王後面，他們也穿黑色的喪服。再後面是一個戴著黃色假髮、嚎啕大哭的老太太。經過介紹，她就是鈕頓太太，諾比的媽媽。

「呵，我的諾比啊，」她邊走邊哭，「呵，該死的伊卡伯格，害死我可憐的諾比！」

棺木入土時，國王的號角手吹奏國歌。鈕頓的棺木格外沉重，因為裡面裝滿了磚頭。當十個汗流浹背的男子將她兒子的棺木放進地穴時，長相怪異的鈕頓太太又一邊哀號一邊咒罵，比米希太太和伯特只是靜靜地站著哭泣。

接著，國王傳喚哀傷的家屬上前接受死者的勳章。史必唾本就無意花比國王的勳章更多的金錢在比米希和虛構的鈕頓身上，所以他們的勳章都是銀製的。但這仍然是一個感人的儀式，尤其是鈕頓太太，她激動得跪在地上親吻國王的靴子。

比米希太太與伯特從葬禮步行回家，人群肅穆地分開讓他們經過。比米希太太只有一度短暫停下來，她的老朋友多夫泰先生從人群中站出來對她表示哀悼。兩人互相擁抱。黛西也很想對伯特說點什麼，但眾目睽睽，她又無法捕捉到伯特的目光，因為他一直低頭望著他的腳。很快地，她的爸爸放開比米希太太，黛西眼睜睜看著她最要好的朋友和他的媽媽走出他們的視線。

回到他們的小屋後，比米希太太撲倒在她的床上哭個不停。伯特試著安慰她，但都無效，他只好拿著爸爸的勳章進入自己的房間，並將它擺在壁爐架上。

就在他往後退一步，打量勳章時，這才發現他爸爸的勳章旁邊，正好是多夫泰先生很久以前刻送給他的伊卡伯格木雕。伯特直到這一刻，才把這個伊卡伯格玩具和爸爸的死連結起來。

他從壁爐架上取下木雕放在地上，拿起一支火鉗，用力將那個伊卡伯格玩具砸個稀爛。然後他拾起碎片扔進火爐中。當他看著火焰越竄越高時，他發誓：有一天，等他長大之後，他要去追捕伊卡伯格，向這個殺死他爸爸的怪物報仇。

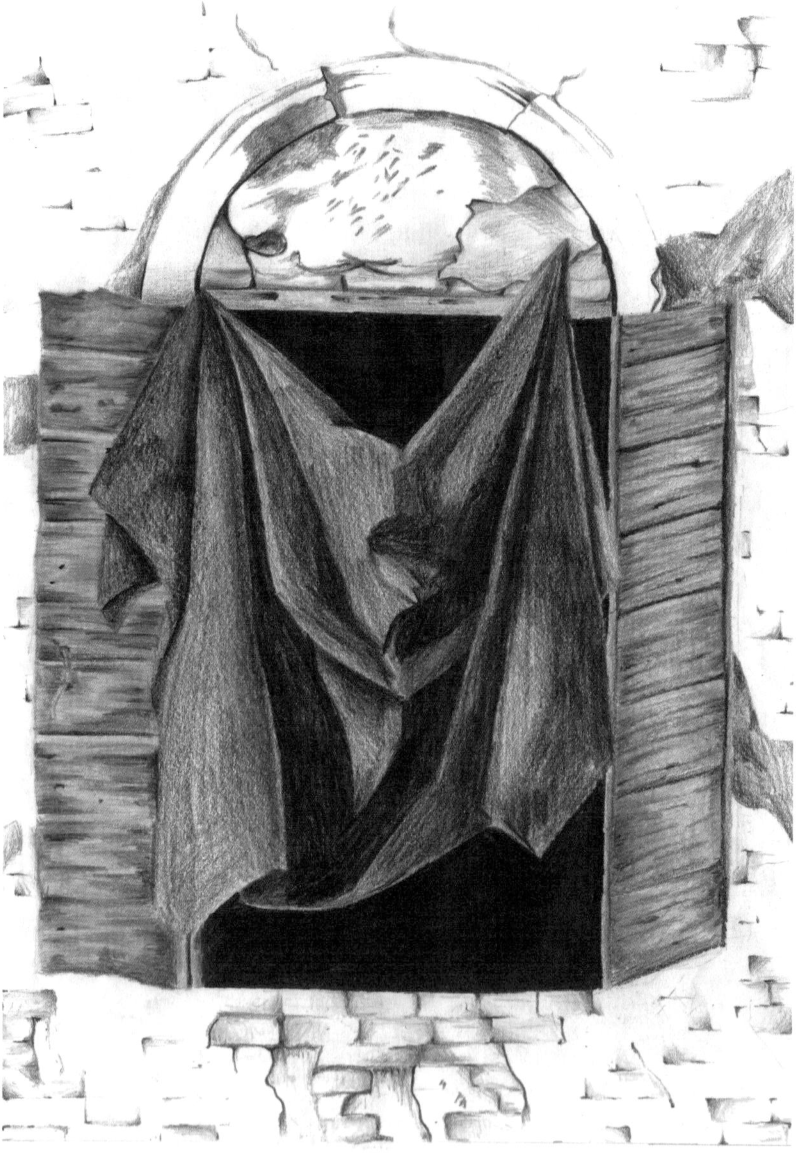

〈死亡的氣息〉
牟奇薇/13歲/台灣台北

# 21

# 福勞迪山教授

葬禮過後的第二天早上，史必唾再度敲門進入國王寢宮。他將許多卷軸放在國王面前的桌面上。

「史必唾，」弗瑞德說，身上仍戴著他的「對抗致命伊卡伯格的傑出勇士勳章」，還特別穿了一件鮮紅色的襯衫來凸顯它。「這些蛋糕沒有往常那麼好吃。」

「喔，很抱歉，陛下，」史必唾說，「我讓比米希的遺孀休幾天假，這些蛋糕是糕點副主廚烘焙的。」

「口感很粗，」國王說，將半個「浮華的幻想」放回他的點心盤。「這些卷軸是什麼？」

「陛下，這是加強我國防衛伊卡伯格措施的一些建議。」史必唾說。

「好極了，好極了！」弗瑞德國王說。史必唾去拉椅子坐時，弗瑞德將桌上的蛋糕和茶壺推開，以便騰出更多空間。

「陛下，首要之務是盡可能多了解伊卡伯格，才能更有效找出擊敗牠的方法。」

「是的，但要**如何**了解，史必唾？那個怪物是一個謎！長久以來人人都認為牠是想像出來的東西！」

「請原諒我，陛下您這就錯了，」史必唾說，「透過不斷的搜尋，我已經找到全豐饒角國最權威的伊卡伯格專家。弗拉捧動爵和他正在走廊上等候，如果陛下允許的話——」

「帶他進來，帶他進來，去吧！」弗瑞德興奮地說。

於是史必唾離開房間，不久之後，他便與弗拉捧勳爵和一個矮小的老人一起走了進來。老人戴著一副厚鏡片眼鏡，以致他的兩隻眼睛幾乎消失在鏡片後面。

「陛下，這位是福勞迪山教授，」當這個長得像鼴鼠的老人對國王深深一鞠躬時，弗拉捧說，「有關伊卡伯格的事情，只要是他不知道的，就根本沒必要知道！」

「為什麼我以前從來沒有聽說過你，福勞迪山教授？」國王問。他心想，要是他早知道伊卡伯格真實到有專門研究牠的專家，當初他就不會親自去找了。

「我現在過著退休生活，陛下，」福勞迪山教授說，又一鞠躬，「太少人相信伊卡伯格，我已養成把我的知識留給自己、不對外公開的習慣。」

弗瑞德國王很滿意他的回答，這讓史必唾鬆了一口氣，因為福勞迪山教授根本就不是真的，就跟頭戴黃色假髮，在二等兵諾比．鈕頓的葬禮上呼天搶地的年邁寡母一樣，都是編造出來的。事實上，隱藏在假髮和厚鏡片之下的福勞迪山教授，和鈕頓老太太是同一個人：史必唾勳爵的管家，名叫奧圖．史空伯。史必唾住在王宮的時候，鄉下的產業都由他管理。史空伯和他的主人一樣，願意為了黃金而做任何事，並且同意為一百枚金幣假扮成寡母與教授。

「那麼，你能告訴我們哪些和伊卡伯格有關的事，福勞迪山教授？」國王問。

「啊，這個嘛，」偽裝的教授說——史必唾早已交代他應該說什麼。「牠有兩匹馬那麼高——」

「至少有這麼高，」弗瑞德打斷他的話。自從返回王宮後，他的惡夢中都會出現一隻巨大的伊卡伯格。

「陛下說得對，至少有這麼高。」福勞迪山同意。「據我估計，一個中等體型的伊卡伯格有兩匹馬那麼高，體型更大的也許有——我看看……」

「兩頭大象。」國王說。

「兩頭大象，」福勞迪山同意，「眼睛像燈籠一樣——」

「或者像燃燒的火球。」國王說。

「這正是我要說的比喻，陛下！」福勞迪山說。

「這怪物真的會說人話嗎？」弗瑞德問。在他的惡夢中，怪物會在漆黑的街道上朝著王宮的方向爬行，並低聲說：「**國王……我要國王……你在哪裡，小國王？**」

「是的，確實會。」福勞迪山說，又一鞠躬，「我們認為伊卡伯格藉著把人類擄去監禁而學會說人類的話，牠會先強迫這些人教牠說人話，一旦他們失去用處後就吃掉他們。」

「苦難的聖人啊，這多麼野蠻！」弗瑞德喃喃地說，臉色發白。

「還有，」福勞迪山說，「伊卡伯格記性很好，還特別愛記仇，如果牠被一個受害者智取——如同陛下您以智慧逃出牠的魔掌，有時牠會在夜色的掩護下偷偷離開沼澤，在受害者入睡時奪取他們的性命。」

弗瑞德的臉色比他吃了一半的「浮華的幻想」上的雪白糖霜更蒼白。他失聲說：

「那可怎麼辦？我死定了！」

「別這麼說，陛下，」史必唾安慰他，「我已設計了一套完整的措施來保護您。」

說著，史必唾從他帶來的一堆卷軸中取出一卷，並將它展開。它幾乎覆蓋整個桌面，上面彩繪了一隻長得像龍的怪獸。牠體型巨大、長相醜陋，身上長滿厚厚的黑色鱗片，一對晶亮的白眼睛，尾巴尖端有一根毒刺，露出獠牙的嘴大到足以吞下一個人，腳上還帶有鋒利的長爪子。

「在防衛伊卡伯格方面，有幾個問題需要克服。」福勞迪山教授說，取出一支短棍，輪流指著獠牙、利爪和毒刺說，「但最困難的挑戰是：殺死一隻伊卡伯格後，會從第一隻怪物的身體中又生出兩個新的伊卡伯格。」

「不會吧？」弗瑞德國王快昏倒了。

「喔，沒錯，陛下，」福勞迪山說，「我一輩子都在研究這個怪物，我可以向您保證，我的發現是千真萬確的。」

「陛下也許記得，許多伊卡伯格的古老傳說中都提到這個奇怪的事實。」史必唾插嘴。他必須使國王相信伊卡伯格這個特徵，因為他的大部分計畫都取決於牠。

「但這似乎太、太不可能了！」弗瑞德有氣無力地說。

「表面上來看**確實**似乎不可能，不是嗎，陛下？」史必唾說著，又一鞠躬，「事實上，只有非常聰明的人才會相信這些非比尋常、難以置信的說法。一般人——愚笨的人，陛下——聽了只會傻乎乎地譏諷與嘲笑。」

弗瑞德看看史必唾，再看看弗拉捧，又看看福勞迪山教授；三個人似乎都在等他證明自己有多聰明。他當然不想讓自己顯得很笨，於是他說：「好吧……如果教授這麼說，我當然同意……但如果那個怪物每次死了之後就會變成兩個，我們要如何才能殺死牠？」

「這個嘛，在我們的第一階段計畫中，我們不殺牠。」史必唾說。

「我們不殺牠？」弗瑞德垂頭喪氣地說。

這時，史必唾展開第二個卷軸，上面顯示一幅豐饒角國地圖。地圖的最北端畫了一隻巨大的伊卡伯格。廣闊的沼澤區邊緣圍繞著一百個手上拿劍的簡單小人。弗瑞德仔細察看其中有沒有一個是戴皇冠的，發現沒有之後鬆了一口氣。

「如您所見，陛下，我們的第一個提議，是特別成立一支『伊卡伯格防衛隊』。這些人將在沼澤邊緣巡邏，確保伊卡伯格不會離開沼澤。我們估計成立這樣一支防衛隊所需的費用，包括制服、武器、馬匹、薪餉、訓練、伙食、住宿、疾病給付、危險補助、生日禮物，以及勳章等，大約是一萬枚金幣。」

「一萬枚金幣？」弗瑞德國王說，「那是很大一筆金幣。不過，既然是為了保護我，我是說，既然是為了保護豐饒角國——」

「一個月一萬枚金幣算是很小的代價。」史必唾替他把話說完。

「**一個月**一萬！」弗瑞德失聲說。

「是的，陛下，」史必唾說，「如果真的要護衛國家，費用會很可觀。不過，如果陛下覺得我們可以減少武器——」

「不，不，我不是那個意思——」

「當然，我們不會期待由陛下您單獨負擔這些費用。」史必唾又說。

「不會嗎？」弗瑞德說，頓時又充滿希望。

「喔，不會的，陛下，那樣太不公平了。畢竟，整個國家都將受益於伊卡伯格防衛隊。我建議我們課徵伊卡伯格稅，我們會要求豐饒角國每一戶人家每個月繳納一枚金幣。當然，這意味著還需要招募和訓練許多新的收稅員，不過，如果我們把稅金提高到每個月兩枚金幣，就可以涵蓋這筆費用。」

「太令人欽佩了，史必唾，」弗瑞德國王說，「你的頭腦真了不得！一個月兩枚金幣——這點損失人們幾乎不會注意到。」

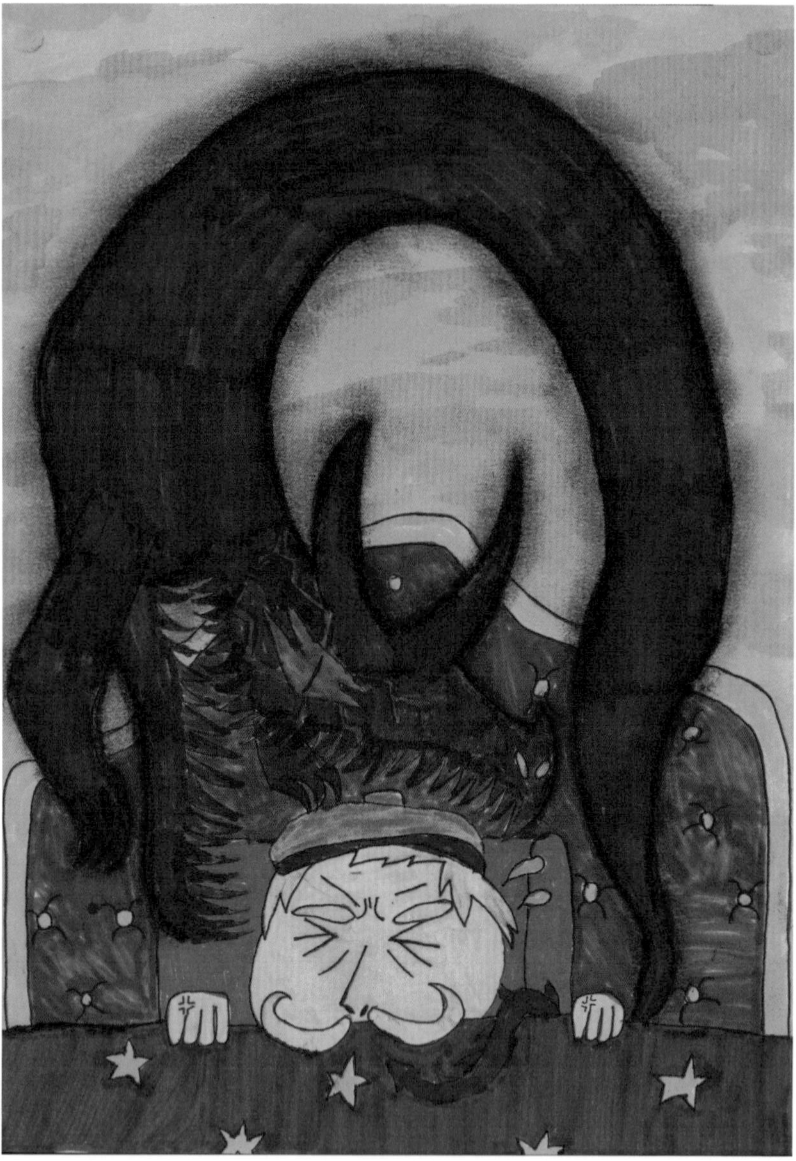

〈惡夢〉
袁庭旭/11歲/台灣台中

22

# 沒掛國旗的房子

就這樣，豐饒角國開始向每一戶徵收每個月兩枚金幣的伊卡伯格稅，這些金幣用是來保護國家不受伊卡伯格的攻擊。很快地，豐饒角國的街道上經常可見收稅員的身影。他們的黑色制服後背上印著兩隻惡狠狠的白色大眼睛，用來提醒人們此一稅制的用意，但人們在酒館內竊竊私語，說那是史必唾勳爵的眼睛，虎視眈眈地確保每個人都有乖乖繳稅。

徵收到足夠的金幣之後，史必唾決定豎立一尊塑像來紀念伊卡伯格的受害者，提醒人們牠是一個多麼野蠻的怪物。起初史必唾打算豎立比米希少校的塑像，但他安插在泡芙城酒館內的密探向他報告，說真正吸引民眾想像的是二等兵鈕頓的事蹟，他自告奮勇連夜快馬趕回城中城通報少校的死訊，不料自己也成了伊卡伯格的爪下亡魂。人們普遍認為這位悲壯而勇敢的英雄，值得樹立一尊帥氣的塑像。至於比米希少校，他的死只是一個意外，因為他摸黑在濃霧瀰漫的沼澤地裡亂走。事實上，泡芙城的酒客們甚至對比米希感到不滿，要不是他，諾比．鈕頓怎麼會遇上生命危險呢？

史必唾樂於順應大眾的情緒，於是塑造了一尊諾比．鈕頓的塑像，豎立在泡芙城最大的公共廣場中央。只見鈕頓坐在一匹雄偉的坐騎上，銅製的斗篷在背後飄揚，稚氣的臉上展現堅毅不拔的神情，永遠凍結在快馬奔向城中城的行動中。人們每個星期日，都在塑像底座獻花，這裡成了著名景點。有個長相平凡的少女甚至每天都去獻花，並宣稱她是諾比．鈕頓的女友。

史必唾同時決定花一些金幣執行一項計畫，好分散國王的注意力，因為弗瑞德依舊太恐懼而不敢出去打獵，生怕伊卡伯格會偷偷摸摸跑到南方來，躲在樹林中伺機撲到他身上。史必唾和弗拉捧對於安撫弗瑞德已經感到厭煩，於是想出一個計策。

「我們需要一幅您對抗伊卡伯格的畫像，陛下！國家需要它！」

「真的嗎？」國王摸著他的鈕釦說，這天的鈕釦是用翡翠做的。弗瑞德想起他曾經一度湧現的雄心，在第一次試穿戰袍的那天早上，他幻想畫像中的他殺死伊卡伯格，史必唾的這項提議他非常喜歡。於是接下來的兩個星期，他都忙著挑選與試穿一套新的戰袍，因為舊的那一套在沼澤地沾了許多爛泥。他還命人重新打造一把寶劍。接著，史必唾請來豐饒角國最有名的畫家馬利克．莫特利，弗瑞德姿勢一擺就是好幾個星期，好讓畫家畫了一幅巨大的畫像，懸掛在謁見室的一整面牆上。莫特利背後還有五十個名氣較小的畫家，全部在現場臨摹他的作品。這些尺寸較小的畫像準備在日後分送到豐饒角國各地的城鎮與村莊。

國王擺姿勢讓畫家作畫時，國王為了給他們解悶，就講述他對抗伊卡伯格的英勇事蹟，講著講著，他發現自己越來越相信這是事實了。這一切讓弗瑞德愉快地保持忙碌，史必唾與弗拉捧因此得以自由自在地管理國事，並瓜分每個月搜刮而來的一箱箱金幣，它們都在夜深人靜時被偷偷運往兩位勳爵的鄉間莊園。

你或許會問，其他十一位曾在漢尼保底下做事的顧問都在做什麼？他們是否曾經想過首席顧問在深夜辭職後從此銷聲匿跡，這不是很怪異嗎？當他們第二天醒來發現史必唾已接替漢尼保的職位時，他們沒有提出質疑嗎？還有，最重要的，他們真的相信伊卡伯格嗎？

這些都是很好的問題，我現在就來答覆。

他們當然私下議論過，認為不應該不經過投票就批准史必唾繼任首席顧問。其中有一、兩位顧問甚至向國王抱怨。然而他們決定不採取行動，原因很簡單，因為他們害怕。

你知道，王室的公告現在已張貼在豐饒角國每一個城鎮與鄉村的廣場上，這些公告都由史必唾執筆，國王簽字批准。凡是質疑國王的決定就是叛國罪；暗示伊卡伯格可能不是真實的就是叛國罪；質疑伊卡伯格稅的必要性就是叛國罪；不繳納每個月兩枚金幣也是叛國罪。如果你去舉報有人說伊卡伯格不是真實的，你還可以得到十枚金幣的賞金。

這些顧問大臣怕被指控背叛國家，他們不想被關進地牢裡，現在的生活愉快很多，可以繼續住在分配給顧問的美麗莊園，繼續穿著他們與眾不同的顧問長袍——有了這身長袍，他們在糕餅店門口不用排隊，可以直接走到最前面。

於是他們批准伊卡伯格防衛隊的一切費用。防衛隊的制服是綠色的，史必唾說這樣他們比較好藏匿在沼澤地的雜草中，這支隊伍很快就在豐饒角國各大城市的大街小巷中穿梭，成為一個常見的景象。

有人也許會想，為什麼這支防衛隊會騎馬穿梭大街小巷對民眾揮手，而不是駐守在理應是怪物出沒的北方。但他們不敢把想法說出來。同時，市民們都競相展現他們真的相信伊卡伯格。他們在自家的窗口上張貼弗瑞德國王對抗伊卡伯格的廉價畫像，並在自家門上懸掛木製標語牌，上面寫著：「以繳納伊卡伯格稅為榮」，以及「打倒伊卡伯格，擁護國王！」有些家長甚至教導他們的子女要向收稅員鞠躬和行屈膝禮。

比米希家懸掛了許多對抗伊卡伯格的旗幟與標語，以致看不出小屋原來的模樣。伯特終於又返校了，但令黛西失望的是，他下課時間都和羅得理．羅奇在一起，談論兩人將來要加入伊卡伯格防衛隊，並殺死那個怪物。黛西感到前所未有的孤單，懷疑伯特是否完全忘了她。

在城中城內，只有黛西家沒有懸掛任何旗子，也沒有掛著積極繳稅、對抗伊卡伯格的木牌。每當伊卡伯格防衛隊騎馬經過時，爸爸都讓黛西待在屋子裡，不會催促她跑到花園去歡呼，如同鄰居的孩子那樣。

史必唾勳爵注意到墓園旁的這棟小屋沒有懸掛任何旗幟與標語。他把這件事記在他狡猾的腦海深處，那裡保存了所有或許有一天會用得上的有用訊息。

〈拿著燈籠的艾絲蘭妲小姐〉
梁雅文/9歲/紐西蘭

# 23 審判

我相信，你沒有忘記那三個被關在地牢裡的勇敢士兵。他們拒絕相信伊卡伯格，也不相信諾比・鈕頓是真實的。

史必唾也沒有忘記他們。自從那天晚上把他們囚禁在地牢裡後，他就一直在想辦法如何在不被人指責的情況下除掉他們。他最近的構想是在他們喝的湯中下毒，塑造自然死亡的假象。當他還在考慮用什麼毒藥最好時，幾個這些士兵的家屬跑到王宮大門前，要求晉見國王並與他交談。更糟的是，小姐艾絲蘭妲也跟他們一起，史必唾暗暗懷疑這整件事是她安排的。

史必唾沒有帶他們去見國王，而是把他們帶到他的新任首席顧問的豪華辦公室，並禮貌地請他們坐下。

「我們想知道我們的孩子什麼時候接受審判。」二等兵奧登的哥哥說。他是個養豬農，住在男爵鎮郊外。

「你把他們關了好幾個月了。」二等兵瓦格斯塔夫的媽媽說。她是酒香城一家酒館的女侍。

「我們都想知道他們被控什麼罪名。」小姐艾絲蘭妲說。

「他們被控叛國罪。」史必唾說，用他噴了香水的手帕在鼻子底下搧著，兩隻眼睛望著那個養豬農。

那個人身上非常乾淨，但史必唾有意讓他感覺渺小。說來遺憾，他的目的達到了。

「叛國罪？」瓦格斯塔夫太太吃驚地說，「為什麼，你在這塊土地上再也找不到比他們三個更忠誠的國王的子民了！」

史必唖狡猾的雙眼輪流注視著這幾位焦灼的家屬，他們顯然都深愛他們的兄弟和兒子，而艾絲蘭妲小姐呢，她的神情是如此焦慮，一個絕妙的主意有如雷擊般電光一閃，瞬間進入他的大腦。他不知道為何他以前從未想到過！他完全不需要對那幾個士兵下毒！他只需要毀掉他們的名譽就夠了。

「你們的家人將在明天接受審判，」他說著，站起來，「審判會將在泡芙城最大的廣場上舉行，因為我希望盡可能讓更多的人聽他們說什麼。再見，各位女士、先生們。」

史必唖面帶冷笑一鞠躬，離開一臉驚詫的家屬，然後他走到地牢。

三位士兵比他上次見到他們時消瘦了許多，而且他們無法刮鬍子或保持清潔，因此他們的模樣看起來都很悽慘。

「早安，各位先生，」史必唖輕快地說。獄卒醉得不省人事，倒在牆角打盹。「好消息！你們明天要接受審判了。」

「我們被控什麼罪名？」古德菲上尉懷疑地問。

「我們已經說過了，古德菲，」史必唖說，「你們在沼澤看到怪物，不但沒有留下來保護你們的國王，反而逃之夭夭。然後你們又說那個怪物不是真實的，企圖藉此掩飾你們的膽怯，這是叛國罪。」

「這是骯髒的謊言，」古德菲低聲說，「隨你愛怎麼處置，史必唖，但我會說出真相。」

另外兩位士兵，奧登與瓦格斯塔夫，都點頭贊同上尉說的話。

「你也許不在乎我如何處置**你們**，」史必唖含笑說，「但你們的家人呢？那一定很可怕，不是嗎，瓦格斯塔夫，如果你那位在酒館當女侍的媽媽進地窖時滑一跤，跌破腦袋呢？或者，奧登，如果你那位養豬的哥哥不慎被自己的鐮刀捅死，或因此被自己養的豬吃掉呢？又或者……」史必唾低聲說，靠近鐵柵，凝視古德菲的一雙眼睛，「如果艾絲蘭妲小姐騎馬發生意外，摔斷了她纖細的脖子。」

你看到了，史必唾認為小姐艾絲蘭妲是古德菲上尉的愛人。他無論如何也不會想到，一個女人會設法保護一個從未與她說過話的男人。

古德菲上尉非常納悶，史必唾為什麼會用艾絲蘭妲小姐的死來威脅他呢？沒錯，他認為艾絲蘭妲小姐是王國裡最漂亮的女人，但他一直把這想法藏在心裡，一個奶酪商的兒子怎麼可能配得上宮裡的女人呢？

「艾絲蘭妲小姐和我有什麼關係？」古德菲問。

「別裝蒜了，古德菲，」首席顧問厲聲說，「當你的名字被提及時，我看到她臉紅了。你當我是傻瓜？她一直在設法保護你，而且我必須說，你之所以直到現在還活著，都是她的緣故。不過，如果你明天不聽我的話而說出任何真相，付出代價的將是艾絲蘭妲小姐，她救了你的性命，那麼，古德菲，你要犧牲她嗎？」

古德菲震驚得說不出話來。艾絲蘭妲小姐愛上他是件多麼美妙的事，這幾乎化解了史必唾對他的威嚇。接著上尉又意識到，為了拯救艾絲蘭妲，他明天勢必得公開承認叛國，這一定會徹底斬斷她對他的愛情。

從這三個人臉上消失的血色，史必唾可以看出他的威嚇已經奏效。

「勇敢一點，先生們，」他說，「我確信你們心愛的人不會發生可怕的意外，只要你們明天實話實說……」

於是首都各個角落都張貼公告，宣佈即將舉行審判的消息。第二天，大批民眾蜂擁而至泡芙城最大的廣場。那三位勇敢的士兵輪流站在木板搭起的平台上，在他們的朋友與家人的注視下，他們一個接一個承認他們在沼澤地看到伊卡伯格，並且像懦夫一樣落荒而逃，沒有留下來保護國王。

群眾的噓聲大到聽不清法官（史必唾勳爵）在說些什麼。然而，史必唾一直在宣讀判決：終身監禁王宮地牢──的時候，古德菲上尉直視艾絲蘭妲小姐的雙眼──她和其他宮廷小姐一起坐在台上觀看審判──有時候，兩個人用一個眼神就可以道盡千言萬語，比其他人花一輩子向對方說的話多更多。我不會告訴你艾絲蘭妲小姐和古德菲上尉用他們的眼神互訴了些什麼，但她現在知道了，上尉在回答她對他的情愫。而他，即使被判無期徒刑，他也已經知道，艾絲蘭妲小姐明白他是無辜的。

三名戴著鐐銬的囚犯被帶下平台，群眾對他們投擲卷心菜，被驅散時仍大聲數落著他們。許多人覺得史必唾勳爵應該將這些叛徒判處死刑。史必唾回到王宮時自己都覺得好笑，因為如果可以的話，盡量讓自己看起來通情達理才是明智的做法。

多夫泰先生站在人群後面觀看這起審判。他沒有對這幾個士兵發出噓聲。他也沒有把黛西一起帶來，而是讓她留在他的工作坊刻木頭。當多夫泰先生若有所思地走回家時，他看到瓦格斯塔夫哭得很傷心的媽媽背後尾隨著一幫年輕人，他們不但噓她，還拿蔬菜扔她。

「你們再繼續跟著這位婦人，我就給你們好看！」多夫泰先生對那幫人大吼。他們看到木匠的大塊頭，一溜煙跑掉了。

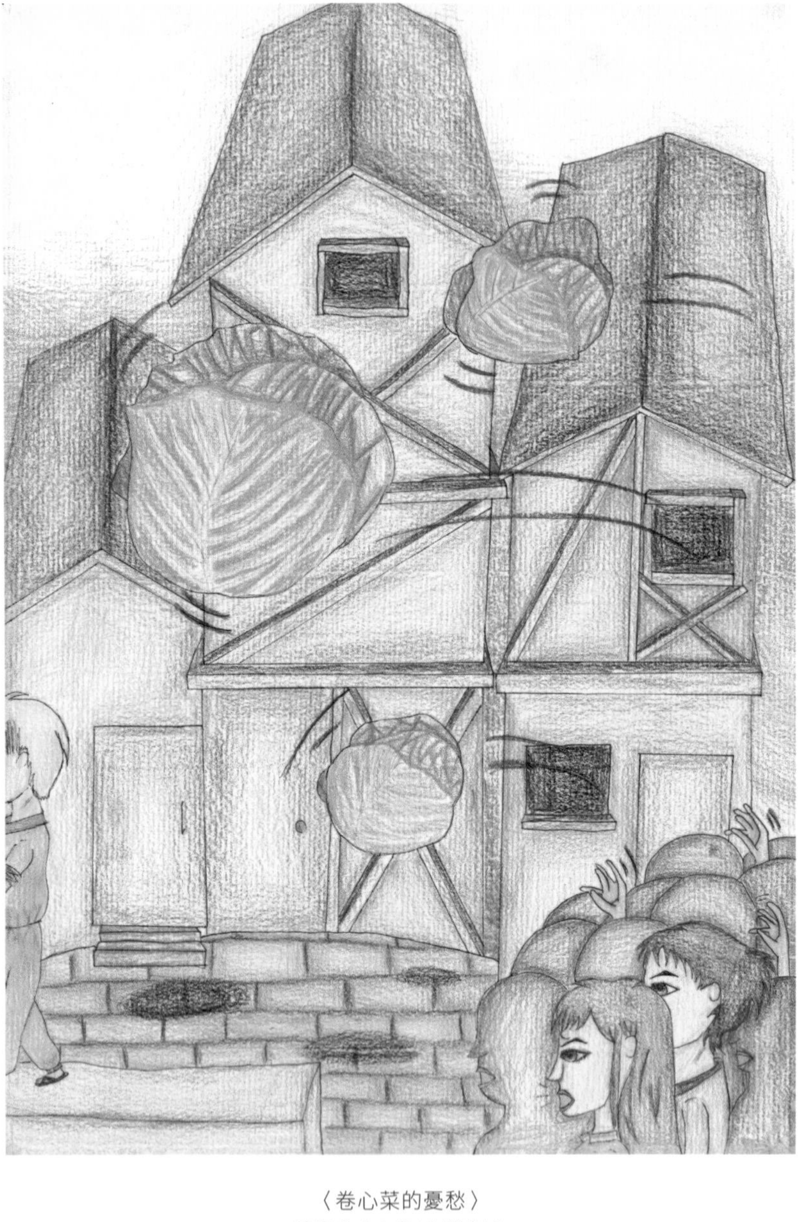

〈卷心菜的憂愁〉
黃凱欣/12歲/台灣彰化

24

# 溜溜球

黛西即將八歲了，她決定邀請伯特．比米希到她家吃茶點。

自從伯特的爸爸去世之後，黛西與伯特之間似乎出現一道厚厚的冰牆。他經常和羅得理．羅奇在一起。羅得理為自己能跟伊卡伯格受害者的兒子成為朋友，而感到非常自豪。

黛西很快就要過生日了，比伯特的生日早三天——這將是一個好機會，可以知道他們是否能恢復友誼。因此她請爸爸寫一張紙條給比米希太太，邀請她帶著兒子來喝茶。黛西高興的是，比米希太太回了一張紙條接受他們的邀請。儘管伯特在學校還是沒有和她說話，她還是希望到了她生日當天，一切都會好轉。

多夫泰先生雖然是國王的木匠，待遇不差，但繳納伊卡伯格稅這件事仍然讓他感到有點吃緊，因此現在他和黛西買的糕餅比往昔少，多夫泰先生也停止喝酒了。不過，為了慶祝黛西的生日，他還是拿出他的最後一瓶酒香城葡萄酒。黛西則將她所有的零用錢集中起來，為她自己和伯特買了兩個昂貴的「天堂的希望」，因為她知道這是伯特最愛吃的糕點。

生日茶會剛開始時並不順利。首先，多夫泰先生提議為比米希少校敬酒，比米希太太立刻就哭了起來。然後四個人坐下來吃東西，但似乎誰都不知道該說些什麼，直到伯特想起他給黛西買了一個禮物。

伯特在一家玩具店櫥窗看到一個班陀螺，當時的人稱它為溜溜球，他用自己存下來的所有零用錢將它買下。黛西以前從未見過這種玩具，伯特教她如何使用，黛西很快就玩得比伯特更好了。比米希太太和多夫泰先生喝著酒香城氣泡酒，交談才開始變得輕鬆。

事實上，伯特很想念黛西，但羅得理．羅奇總是在一旁看著，他不知道如何與她重修舊好。但很快地，他們在王宮庭園打架的事似乎從未發生過似的。黛西和伯特談到他們的老師習慣在他以為學生沒有看見的時候挖鼻屎，兩人不禁哈哈大笑，他們把父母去世、失控的爭吵，或勇敢的弗瑞德國王這些痛苦的話題都忘得一乾二淨。

小孩子比大人聰明，多夫泰先生很久沒有喝酒了。他和他的女兒不一樣，他沒有停下來想一想，談論比米希少校是否被怪物所殺也許是個壞主意。當黛西爸爸的聲音提高到壓過兩個孩子的笑聲時，她才發現她的爸爸正在說什麼。

「我的意思是，柏莎，」多夫泰幾乎是用喊的，「證據在哪？我要看證據，就這樣！」

「你不認為我的丈夫被殺就是證據？」比米希太太說，她親切的臉忽然看起來很危險，「或者是可憐的小諾比．鈕頓？」

「小諾比．鈕頓？」多夫泰先生說，「**小諾比．鈕頓**？既然妳提到他，我倒想看小諾比．鈕頓的證據！他是誰？他住在哪裡？那個寡母，那個戴黃色假髮的寡母，現在又在哪裡？妳曾經在城中城內見過任何一個叫鈕頓的人嗎？如果妳硬要我說，」多夫泰先生揮舞他手上的酒杯，「如果妳**硬要**我說，柏莎，我問妳，如果諾比．鈕頓只剩下一雙靴子和一根脛骨，為什麼他的棺木會這麼重？」

黛西氣惱的朝爸爸使眼色，試圖讓他住口，但他沒有注意到。他再喝一大口酒後繼續說：「這不合理，柏莎！不合理！說不定——這只是一種猜測——誰說可憐的比米希少校不是從馬背上摔下來跌斷了脖子，史必唾動爵就利用這個機會假裝是伊卡伯格殺死他，然後對我們課徵一大堆金幣？」

比米希太太緩緩站起來，她的個子不高，但盛怒之下的她似乎比多夫泰先生還高一個頭。

「我的丈夫，」她以一種讓黛西起雞皮疙瘩的冰冷聲音說，「是全豐饒角國最優秀的騎士，我的丈夫絕不會從馬背上摔下來，就像你不會用斧頭砍斷自己的腿一樣，丹．多夫泰。除了可怕的怪物之外，沒有任何東西能殺死我的丈夫。你說話最好小心點，因為說伊卡伯格不存在是叛國罪！」

「叛國罪！」多夫泰先生譏笑，「算了吧，柏莎，妳該不會站在那裡告訴我，妳相信這個叛國罪的廢話？為什麼，因為才幾個月前，不相信伊卡伯格的人仍然被視為有理智的人，而不是叛徒！」

「那時候我們不知道伊卡伯格是真實的！」比米希太太尖聲說，「伯特——我們回家！」

「不、不——不要走！」黛西大叫。她拿出她放在椅子底下的一個小盒子，跟在比米希母子身後衝進花園。

「伯特，拜託！看——我給我們買了『天堂的希望』，我用我全部的零用錢買的！」

黛西不知道，伯特此時看到「天堂的希望」，立刻想起他得知他的爸爸去世的那一天，他在國王的廚房最後一次吃到「天堂的希望」。他的媽媽當時還安慰他，如果比米希少校有任何三長兩短，他們一定會得到消息的。

儘管如此，伯特並非有意把黛西的禮物摔到地上，他只是把它推開。不幸的是，黛西並沒有接穩，昂貴的糕點於是掉落在花床上，沾滿了泥土。

黛西淚流滿面。

「好吧，如果妳關心的只是糕點！」伯特大聲說，然後他推開花園的門，跟著媽媽離開了。

〈爭吵〉
孫育汝/13歲/台灣彰化

# 25 史必唾勳爵遇到難題

讓史必唾勳爵感到煩惱的是，多夫泰先生不是唯一開始對伊卡伯格表達懷疑的人。

豐饒角國變得越來越貧窮。有錢的商人沒有繳納伊卡伯格稅的問題，他們每個月付給收稅員兩枚金幣，為了彌補損失，他們再調高糕餅、起司、火腿及葡萄酒的售價。但是對窮人來說，一個月要籌到兩枚金幣越來越困難了，尤其是市場上的食物一天比一天貴。與此同時，沼澤地的孩子們也越來越消瘦。

史必唾在每一座城市與村莊都安插了許多密探，他開始聽到一些言論，人們想知道他們的金幣都用在什麼地方，甚至要求提出證據，證明怪物依然構成威脅。

人們說，豐饒角國的城市居民各有不同的特質：酒香城居民一般被認為是鬥士與夢想家，美酪城居民愛好和平且彬彬有禮，而泡芙城居民常被稱為驕傲，甚至目中無人。而男爵鎮居民被認為是說話實在、做生意公道。而正是在這裡，爆發了對伊卡伯格的第一次嚴重懷疑。

一個名叫塔比．騰德隆的肉販召集群眾在市鎮廳開會。塔比很謹慎，他不明講他不相信伊卡伯格，但他邀請參加會議的人在一份呈交給國王的請願書上簽名，請國王提出證據，證明持續課徵伊卡伯格稅的必要性。會議結束時，史必唾的密探——他當然也參加了會議——立刻跳上馬背急馳南下，在午夜之前抵達王宮。

被男僕叫醒的史必唾，急忙將弗拉捧動爵和羅奇少校從床上叫起來，三人一起在他的臥室聽取密探的報告。密探講述叛逆會議的經過情形，然後展開一張地圖。他已在地圖上圈出這些叛逆首腦的住家，包括塔比．騰德隆。

「好極了，」羅奇怒吼，「我們以叛國罪將他們全部抓起來關進監牢裡。簡單！」

「一點也不簡單，」史必唾不耐煩地說，「有兩百個人參加集會，我們不能把兩百個人都關起來！其一，我們沒有那麼多牢房；其二，大家會說這證明我們無法顯示伊卡伯格是真實的！」

「那就槍殺他們，」弗拉捧說，「把他們都包裹起來，像比米希那樣，然後把他們扔到沼澤地附近，讓人們以為是伊卡伯格幹的。」

「伊卡伯格現在有槍了嗎？」史必唾罵道，「而且，牠還用兩百件斗篷，把人弄死之後包裹起來？」

「如果您要嘲笑我們的計畫，大人，」羅奇說，「您為什麼不自己想個更聰明的辦法？」

但這正是史必唾無法做到的。他就算用棍子用力敲他狡猾的腦袋，也想不出任何方法來恐嚇豐饒角國人民，讓他們持續心甘情願地繳稅。他需要的是證明伊卡伯格真實存在的證據，但他要去哪裡找證據呢？

其他人都回去睡覺後，史必唾一個人在他的壁爐前踱步，這時，他又聽到敲門聲。

「現在又怎麼啦？」他怒罵。

悄悄進來的是僕役坎克比。

「你有什麼事？快說，我很忙！」史必唾說。

「報告大人，」坎克比說，「我稍早剛好經過您的房間，不小心聽到了您和弗拉捧勳爵及羅奇少校談論男爵鎮的叛國會議。」

「喔，你**不**小心？」史必唾用威脅的語調說。

「我想我應該告訴您，大人：我有證據，證明城中城內有一個人的想法和男爵鎮那些叛徒的想法一樣。」坎克比說，「他要證據，和那些肉販一樣，我感覺聽起來像叛國罪。」

「這當然是叛國罪！」史必唾說，「誰膽敢在王城的影子底下說這種話？哪一個國王的僕人膽敢質疑國王說的話？」

「嗯……這個……」坎克比說，兩隻腳搓來搓去，「有人會說那是有價值的消息，有人會——」

「你告訴我這個人是誰，」史必唾拽著僕役的外套前襟大聲斥喝，「我再決定你是否值得獎賞！快說出名字——**給我他們的名字！**」

「是丹——丹——丹．多夫泰。」坎克比說。

「多夫泰……多夫泰……我知道這個名字。」史必唾說，放開僕役，後者跌跌撞撞地摔倒在桌子底下，「不是曾經有個女裁縫……？」

「他的妻子，大人。她死了。」坎克比說，從地上爬起來。

「是的，」史必唾徐徐說道，「他住在墓園旁邊那間小屋，他們家從來不掛旗幟，也不在窗口張貼國王的肖像，你怎麼知道他說了叛逆的話？」

「我剛好聽到比米希太太告訴洗碗女僕他說了什麼話。」坎克比說。

「你**剛好**聽到許多事情，不是嗎，坎克比？」史必唾說著，從他的背心掏出幾枚金幣。「很好，給你十枚金幣。」

「多謝，大人。」僕役說，深深一鞠躬。

當坎克比要離開時，史必唾又說：「慢點，他是做什麼的，這個多夫泰？」

「多夫泰嗎，大人？他是木匠，」坎克比說，然後鞠躬退出房間。

「木匠，」史必唾大聲說，「**木匠……**」

正當坎克比把門關上時，史必唾又再度靈光乍現心生一計，並對自己的聰明才智驚嘆不已。他慌忙抓住沙發椅背，因為他覺得自己也許會一頭栽倒。

〈賣起司的店鋪〉
張安瑜/14歲/台灣雲林

# 26

# 給多夫泰的任務

第二天早晨，黛西去上學了，多夫泰先生在他的工作坊忙碌地工作時，羅奇少校來敲木匠的門。多夫泰先生知道羅奇就是那個住進他的舊家、並取代比米希少校成為皇家衛隊隊長的人。木匠請羅奇進去坐，但少校拒絕了。

「我們有一件緊急的工作需要你進宮，多夫泰，」羅奇說，「國王馬車上的車軸斷了，他明天要用車。」

「又斷了？」多夫泰先生說，「我上個月才修好。」

「被一匹拉車的馬踢斷了，」羅奇少校說，「你來不來？」

「當然。」多夫泰先生說。他不會拒絕國王的工作，於是他把工作坊的門鎖上，跟著羅奇穿過城中城陽光明媚的街道，一路上東聊西扯，直到他們抵達停放馬車的皇家馬廄。門外有六名士兵在巡邏，當他們看到多夫泰先生和羅奇少校接近時，個個都抬起頭來注視他們。其中一個士兵手上拿著一個空麵粉袋，另一個手上拿著一條長繩。

「早安。」多夫泰先生說。

他從他們身邊經過，在他還沒來得及意識到發生什麼事時，一名士兵已經將麵粉袋套在多夫泰先生頭上，另外兩個人將他的兩隻手拉到背後，用繩子將他的手腕綁在一起。多夫泰先生是個壯漢——他使勁掙扎，但羅奇在他耳邊低聲說：

「再出聲，就讓你的女兒付出代價。」

多夫泰先生閉上嘴巴，讓那幾個士兵押著他進入王宮。他雖然看不到前方的路，但很快就猜到了，因為他們帶他走下兩層階梯，然後第三層，這裡的階梯是用滑溜的石塊砌成的。當他感覺皮膚上有陣陣涼意時，他猜想他在地牢內。當他又聽到鐵鑰匙轉動的聲音和鐵柵門的鏗鏘聲時，他確信他的猜測沒錯。

士兵們將多夫泰先生推倒在冰冷的石地上，有人拿掉他的頭罩。眼前幾乎一片漆黑。起初，多夫泰先生無法分辨四周的一切，然後一名士兵點亮一把火炬，多夫泰先生才發現眼前是一雙擦得雪亮的靴子。他抬起頭來，史必唾動爵面帶微笑地站在他面前。

「早安，多夫泰，」史必唾說，「我有一點工作要給你做，如果你做得好，很快就可以回家和你的女兒團聚。如果你拒絕，或者做得不好——你就再也見不到她了，你明白我的意思嗎？」

六名士兵和羅奇少校排成一列站在牆邊，他們手上都握著劍。

「是的，大人，」多夫泰先生低聲說，「我明白。」

「很好，」史必唾說。他展示一塊巨大的木頭，從倒下的樹木截下一段像一匹小馬那麼大的樹幹。木頭旁邊是一張小桌，桌上有一整套木匠使用的工具。

「我要你為我雕刻一隻大腳，上面要帶一根長柄，讓騎在馬上的人可以將這隻腳壓進軟泥地做出一個腳印。你明白你的任務嗎，木匠？」

多夫泰先生和史必唾動爵互相對望，多夫泰先生當然明白這是怎麼一回事，他受命製造伊卡伯格存在的假證據。但是，多夫泰先生害怕的是，他無法想像他造了怪物的假腳之後，史必唾沒有理由還會放他走——如果他說出他做了什麼的話。

「你發誓，大人，」多夫泰先生輕聲說，「你**發誓**，如果我做了這件事，我的女兒不會受到傷害？我可以回家和她團聚？」

「當然，多夫泰，」史必唾輕快地說，已經走到牢房門口，「你越早完成任務，就越早能再見到你的女兒。」

「聽著，每天晚上我們會把這些工具收走，隔天早晨再帶回來給你。因為我們不能讓囚犯保留這些挖地道逃生的工具，不是嗎？祝你好運，多夫泰，努力工作，我期待看到我的大腳！」

於是，羅奇割斷多夫泰先生手腕上的繩索，並將他帶來的火把插在牆上的托架內，然後史必唾、羅奇，以及其他士兵離開牢房。鐵門哐噹一聲關上，鑰匙在鎖孔內轉動，留下多夫泰先生一個人留在牢房裡，身邊是那塊巨大的木頭、他的鑿子，以及他的刀鋸。

27

# 綁架

那天下午，黛西放學回家，一邊走一邊玩著溜溜球。她和往常一樣先到爸爸的工作坊，要向爸爸聊一聊她這一天做了什麼。但她驚訝地發現，工作坊的門鎖著。她猜想多夫泰先生或許是提早結束工作，回到他們居住的小屋去了。她把課本夾在腋下，進入前門。

黛西在門口猛然停下來，吃驚地望著眼前的景象，所有的家具都不見了，還有牆上的畫、地板上的地毯、燈，甚至爐灶，統統都不見了。

她大聲叫她的爸爸，但就在這時，一個袋子忽然當頭罩下來，同時一隻手掩住她的嘴。她的課本和溜溜球啪嗒啪嗒散落在地板上。黛西被人舉起來，她拚命掙扎，但還是被帶出了屋子，扔進了一輛馬車的後座。

「如果妳再繼續吵鬧，」一個粗暴的聲音在她耳邊說，「我就殺了妳爸爸。」

黛西本來拉開嗓門沒命地尖叫，聽了這句話只好乖乖安靜下來。她感覺馬車在移動，聽到馬轡的叮噹聲和達達的馬蹄聲。從馬車轉彎，黛西知道他們正離開城中城；從市場商人的叫賣聲和其他馬匹的聲音，她意識到他們已進入泡芙城。她這輩子從來沒有這麼害怕過，但黛西仍然強迫自己專注在每一個轉彎、每一個聲音，和每一種氣味上，這樣她便可以約略知道她正在被帶到哪裡。

過了一會兒，馬蹄不再踏在卵石路上，而是泥土路，泡芙城香甜的氣味也消失了，取而代之的是肥沃的鄉村氣息。

綁架黛西的人是一個粗暴的伊卡伯格防衛隊二等兵，名叫普拉德。史必唾吩咐普拉德「除掉多夫泰的小女兒」，普拉德明白史必唾的意思是叫他把她殺死。（普拉德猜對了，史必唾挑選他去謀殺黛西，主要的原因是普拉德平常就喜歡動拳頭，而且毫不在乎他打的是誰。）

然而，當他駕著馬車穿過鄉間、經過樹林，他應該可以輕易地勒死黛西並掩埋她的屍體時，二等兵普拉德逐漸意識到自己下不了手。他剛好有個非常喜歡的小姪女，年齡和黛西差不多。事實上，他每次想像自己掐死黛西時，似乎就會在他的腦海中看見他的小姪女蘿西在哀求他饒命。因此，普拉德沒有把馬車開進森林，而是繼續往前走，一邊苦惱地想著該如何處置黛西。

黛西從麵粉袋內聞到男爵鎮的香腸混雜著美酪城起司的香氣，不禁猜想她會被帶去哪一個城市。爸爸偶爾會帶她去那些著名的城市購買起司和肉品，她相信如果那個駕車的人將她從車上抱下來時，她想辦法讓他摔一跤，她就趁亂逃走，然後在一、兩天之內逃回泡芙城。她的腦子一直胡亂地想著她的爸爸，爸爸在什麼地方？為什麼他們的家具都被搬走了？但她強迫自己將注意力集中在馬車行駛的路線上，確保自己能找到回家的路。

然而，儘管她用心聆聽馬蹄踏過男爵鎮與美酪城之間的漕河石橋的聲音，卻一直沒有聽到，因為二等兵普拉德沒有進入其中任何一座城市，只是從旁邊經過。他已經想出處置黛西的方法，因此他繞過這座以製造香腸聞名的城市外圍，繼續往北駛。漸漸地，空氣中的肉香和起司香消失了，暮色開始降臨。

二等兵普拉德記得有個老太婆住在酒香城城郊，那裡正好是普拉德的家鄉——人人都叫她咕噥大媽。她收留孤兒，每個孩子每月一枚金幣。從來沒有一個男孩或女孩成功地從咕噥大媽家中逃出來，普拉德正是看中這點，他決定把黛西帶去那裡。他最不希望的就是黛西找到逃回泡芙城的路，因為史必唾要是發現他沒有完成自己交代的任務，一定會大發雷霆。

黛西在馬車後座雖然又怕又冷，而且很不舒服，但搖晃的馬車仍然讓她昏昏欲睡，突然，她又驚醒了，她可以聞到空氣中有股異樣的氣味，一種她不怎麼喜歡的氣味。一會兒後，她認出那是酒味，她記得多夫泰先生難得喝一次酒的時候就是這種味道。他們一定逐漸接近酒香城，一座她從未去過的城市。她從麵粉袋的小孔可以看出天矇矇亮。不久之後，馬車又再度行駛在顛簸的卵石路上，不一會兒，馬車停了下來。

黛西立刻奮力掙扎，想離開馬車後座，但她還來不及跌落在街道上，二等兵普拉德就抓住她了。然後他扛著奮力掙扎的她來到咕噥大媽的門口，掄起拳頭用力敲門。

「來了，來了。」屋子裡傳出一個高亢的破嗓音。

接著在一陣門栓夾雜鐵鍊的聲音之後，咕噥大媽出現在門口，吃力地倚著一支銀頭手杖。當然，黛西這時仍在袋子裡，看不見她。

「新來的孩子，大媽。」普拉德說，將拚命扭動的袋子扛進咕噥大媽的走道，那裡有燉煮卷心菜和廉價葡萄酒的氣味。

你或許會想，咕噥大媽看到一個小孩被裝在麵粉袋內扛進她家，她一定會很緊張，但事實上在這之前，就有一些所謂叛徒的子女被綁架之後交給她看管。她不在乎這些小孩發生什麼事；她只關心政府當局每個月付給她每個小孩一枚金幣的看管費。她那搖搖欲墜的小屋收留越多小孩，她就有越多的錢來買酒喝。她真正在乎的是酒。因此她伸出一隻手，用嘶啞聲音說：「安置費五個金幣。」——如果她看出對方真的很想擺脫一個小孩，她通常會要求給五個金幣。

普拉德皺眉，遞給她五枚金幣，然後一語不發離開。咕噥大媽在他背後用力把門關上。當他爬上他的馬車時，普拉德聽到咕噥大媽的鐵鍊嘎啦嘎啦和門鎖互相摩擦的聲音。即使這花了他半個月的薪餉，普拉德仍然很高興能擺脫黛西．多夫泰這個頭痛的問題，然後他以最快的速度駕著馬車趕回首都。

〈被綁架的女孩〉
陳季誼/12歲/台灣彰化

# 28

# 咕嚕大媽

確認前門已經關妥後，咕嚕大媽扯下黛西頭上的麵粉袋。

突如其來的光線使黛西不由得眨了眨眼睛，她發現自己在一條狹窄、骯髒的走道上，眼前是一個非常醜陋的老太婆，一身黑衣，鼻尖上有一顆棕色的大疣，上面還長了幾根毛。

「約翰！」老太婆嘶啞地喊著，兩眼仍緊盯著黛西。一個身材比黛西高大、年紀也比她大的少年毫不客氣地皺著眉頭，慢吞吞地走出來，一面嘎啦嘎啦地壓著他的指關節。

「去叫樓上那些珍妮在她們房間多加一個床墊。」

「叫其他小鬼去，」約翰嘟囔說，「我還沒吃早飯呢。」

咕嚕大媽忽然用她沉重的銀頭手杖往少年的腦袋敲下去。黛西以為她會聽到銀器打在骨頭上的可怕聲音，但少年身手俐落地避開，彷彿他已經過無數次的練習，經驗豐富。少年又嘎啦嘎啦地壓他的指關節，臭著臉說：「好啦，好啦。」然後爬上搖搖晃晃的樓梯。

「妳叫什麼名字？」咕嚕大媽轉頭問黛西。

「黛西。」黛西說。

「不，不是，」咕嚕大媽說，「妳的名字叫珍妮。」

黛西很快就會發現，咕嚕大媽對每一個來到她家的小孩子都這麼說。每一個女孩都被改名叫珍妮，每一個男孩也都被改名叫約翰。咕嚕大媽從一個小孩被賦予新名字的反應，就可以知道，她接下來要花多大工夫才能打擊這個孩子的銳氣。

當然，那些很小就來到這裡的小孩，總是會乖乖同意他們的名字叫約翰或珍妮，而且很快就會忘記他們原來的名字。那些無家可歸的小孩和遺失的小孩可以看出，被改名為約翰或珍妮，是他們得到一個遮風避雨的地方所必須付出的代價，所以他們也很快就會同意改名。

但咕噥大媽三不五時就會遇到一個不經過打罵不會接受新名字的小孩，黛西還沒有開口說話，大媽就知道她是這種小孩。這個新來的女孩有股討厭的、驕傲的神情，身子雖然精瘦，卻很強壯，她穿著工作服，從頭到尾一直捏著拳頭站在那裡。

「我的名字，」黛西說，「叫黛西．多夫泰。我媽媽以她最喜愛的雛菊為我取的名字。」

「妳的媽媽死了。」咕噥大媽說。她都這樣告訴她收留的小孩，說他們的父母已經去世，最好是讓這些小鬼知道他們沒有別的人可以投靠。

「那是真的，」黛西說，一顆心怦怦跳，「我的媽媽死了。」

「妳的爸爸也死了。」咕噥大媽說。

這個恐怖的老太婆似乎在黛西面前晃來晃去，黛西從昨天中午到現在都沒有吃任何東西，又在普拉德的馬車上度過恐怖的一夜，但她仍然以冰冷、清晰的聲音說：「我的爸爸還活著，我叫黛西．多夫泰，我的爸爸住在泡芙城。」

她必須相信她的爸爸仍然在泡芙城，她不能讓自己懷疑這一點，因為如果她的爸爸死了，那麼所有的光明就會從這個世界上永遠消失。

「不，他死了，」咕噥大媽說，舉起她的手杖，「妳的爸爸死透了，妳的名字叫珍妮。」

「我的名字──」黛西才開口，咕噥大媽的手杖忽然**嗖**的一聲對著她的腦袋揮過來，黛西學剛剛看到的那個大男生，低頭閃避，但手杖又揮過來，這次重重地打到黛西的耳朵上，她痛得差點站不穩。

「我們再練習一次，」咕噥大媽說，「跟著我說：『我的爸爸死了，我的名字叫珍妮。』」

「我不要！」黛西大叫，她不等手杖再揮過來便從咕噥大媽的臂彎底下鑽過去，跑進屋子裡，滿心希望後門也許不會上鎖。她跑進廚房，發現兩個面色蒼白、滿臉驚嚇的小孩，一男一女，正在將看起來髒兮兮的綠色液體舀進碗裡。她還看到一扇門，這扇門和剛才的前門一樣，上面也掛滿了鐵鍊和掛鎖。黛西轉身跑回前廳，閃過咕噥大媽和她的手杖，然後跑到樓上。那裡有更多蒼白瘦弱的小孩在打掃和整理磨損的毯子，咕噥大媽跟在她後面上樓。

「說，」咕噥大媽用她嘶啞的嗓子說，「我的爸爸死了，我的名字叫珍妮。」

「我的爸爸還活著，我的名字叫黛西！」黛西大叫。這時她發現天花板上有個活板門，猜想它通往閣樓，於是她從一個滿臉驚嚇的女孩手上搶過一支羽毛撢子，將活板門頂開。一條繩梯落下來，黛西抓住繩梯爬上去，然後將活板門砰的一聲關上，這樣咕噥大媽和她的手杖就打不到她了。她可以聽到老太婆在底下哇哇大叫，並命令一個男孩守著活板門，不讓黛西下來。

黛西後來知道這些小孩給彼此取外號，這樣他們才會知道他們談的是哪一個約翰或哪一個珍妮。

此刻在活板門底下站崗的男孩就是黛西在樓下見到的少年，他的外號叫霸凌約翰，因為他會欺負比他小的孩子。霸凌約翰現在代表咕噥大媽對黛西喊話，告訴她以前曾經有小孩餓死在閣樓上，如果她仔細找還可以找到他們的骷髏頭呢。

咕噥大媽的閣樓天花板很低，黛西只能用爬的，而且裡面很髒，但屋頂上有個小孔洞，陽光從那個小孔洞透進來形成一束光柱。黛西爬過去，眼睛湊在小孔上往外看，可以看到酒香城的天際線，泡芙城的建築多半是乳白色，但酒香城卻是一座深灰色的石頭城。樓底下有兩名男子腳步蹣跚地走在街道上，一邊唱著當地流行的飲酒歌。

「一瓶酒下肚，伊卡伯格是個謊言，兩瓶酒下肚，我聽見牠輕輕叫，三瓶酒下肚，我看見牠悄悄跑，伊卡伯格來了，臨死前我們再喝一瓶！」

黛西用一隻眼睛貼著小孔洞坐了一個鐘頭，直到咕噥大媽再度上樓用她的手杖敲著門。

「妳叫什麼名字？」

「黛西．多夫泰！」黛西大聲說。

接下來，每隔一小時，這個問題就會重複一遍，黛西的回答依舊不變。

然而，隨著時間慢慢過去，黛西開始因為飢餓而頭暈眼花。她對咕噥大媽大聲說「黛西．多夫泰！」的聲音也一次比一次微弱。最後，她從小孔洞望出去的天空逐漸變暗，她渴得要命，不得不面對現實，也就是說：如果她持續拒絕說她的名字叫珍妮，閣樓上或許真的會出現一具骨骸，讓霸凌約翰用來恐嚇其他小孩了。

因此，下一次咕噥大媽再用她的手杖敲打活板門並問黛西叫什麼名字時，黛西回答：「珍妮。」

「那麼，妳的爸爸還活著嗎？」咕噥大媽問。

黛西交叉她的手指，說：

「沒有。」

「非常好，」咕噥大媽說，拉開活板門讓繩梯落下，「下來吧，珍妮。」

當黛西再度站在她身邊時，老太婆打了她一記耳光。「這是給下流、愛說謊又骯髒的小鬼的懲罰。現在去喝妳的湯，喝完把碗洗了，然後上床睡覺。」

黛西狼吞虎嚥地喝下一小碗卷心菜湯，那是她喝過最難喝的湯，然後她將自己的碗拿到咕噥大媽用來洗碗盤的油膩桶子洗了洗，回到樓上。女孩房的地板上有一張多出來的床墊，她就在其他女孩的注目下爬進去，蓋上破毯子。她沒有脫下她身上的衣服，因為房間很冷。

黛西發現她的眼前有一雙友善的藍眼睛，這個女孩的年齡和她差不多，卻有一張憔悴的臉。

「你比大多數人撐得更久。」那個女孩低聲說。她有一種黛西以前從未聽過的口音，黛西以後會知道這個女孩來自沼澤地。

「妳叫什麼名字？」黛西小聲問，「妳的**真實**名字？」

女孩用那雙藍色的大眼睛凝視黛西。

「我們不准說。」

「我保證不會說出去。」黛西低聲說。

女孩望著她，就在黛西以為她不會回答時，女孩低聲說：

「瑪莎。」

「很高興認識妳，瑪莎，」黛西低聲說，「我叫黛西．多夫泰，我的爸爸還活著。」

〈巧克力〉
余育惠/13歲/台灣雲林

# 29 比米希太太的憂慮

故事回到泡芙城。史必唾下令將消息傳出去，說多夫泰全家已在半夜收拾行囊，搬到鄰國普里塔尼亞去了。黛西的老師告訴她班上的同學，僕役坎克比則通知了王宮的所有僕人。

那天，伯特放學回家後，他躺在自己的床上，兩眼注視著天花板。他回憶他小時候因為長得胖胖的，同學都喊他「奶油球」，黛西卻總是護著他。他還記得很久以前他們在王宮庭園打架，以及黛西的生日當天他不小心打翻她的「天堂的希望」時黛西臉上的表情。

接著伯特想到這些日子他如何度過課餘時間。起初，伯特還滿喜歡與羅得理．羅奇做朋友，因為羅得理以前常欺負他，伯特很高興他現在不再欺負他了。但如果要他憑良心說話，伯特並不喜歡羅得理所做的那些事：譬如，他會對流浪犬扔石頭，或者把活青蛙藏在女生的書包內。事實上，他越是回憶他以前和黛西在一起玩的趣事，就越想起他和羅得理玩了一天之後，他的臉因為假笑而多麼痠疼。這也使伯特更後悔他一直沒有嘗試修補他與黛西的友誼。但現在已經太遲了。黛西永遠離開了，搬去了普里塔尼亞。

正當伯特躺在他的床上回憶時，比米希太太一個人坐在廚房內，她的情緒幾乎和她的兒子一樣低落。

比米希太太就一直很後悔告訴洗碗女僕，多夫泰先生說伊卡伯格不是真實的。她因為多夫泰先生說她的丈夫也許是從馬背上摔下來，一時在氣頭上，沒有意識到她自己是在舉報叛國罪，直到話從口出。但這時要收回已經來不及了。她並不是真的想害她的老友惹上麻煩，於是她哀求洗碗女僕忘掉她說的話，女僕梅寶答應了。

比米希太太相信她，為此鬆了一口氣，轉身從烤爐取出一大盤「少女的夢想」，這才發現僕役坎克比偷偷摸摸地躲在牆角。王宮內的人都知道坎克比是王宮裡出了名的陰險小人，最愛搬弄是非，他有本事悄無聲息地來到房間，神不知鬼不覺地從鑰匙孔偷窺。比米希太太不敢問坎克比在那裡站了多久，此刻，她一個人坐在自己的廚房內，一種可怕的恐懼襲上她的心頭。難道是坎克比向史必唾動爵告密多夫泰先生叛國的消息嗎？多夫泰先生不見了，有可能他不是搬去普里塔尼亞，而是被關進監牢嗎？

她越想越害怕，最後，她對伯特說了一聲，她要趁天黑之前出去走走，然後就匆匆出門了。

街上還有小孩在玩耍，比米希太太從他們身邊繞過去，終於來到城中城的城門與墓園之間那棟小屋。它的窗戶是暗的，工作坊上了鎖，可是當比米希太太在前門上輕輕一推時，門開了。

所有家具，連牆上的畫，都搬空了。比米希太太吁出一口長長的氣放心了。如果他們把多夫泰關進監牢裡，肯定不會連家具也一起搬過去。看來他似乎真的打包全部家當，帶著黛西搬去普里塔尼亞了。比米希太太再度穿過城中城走回家時，她感覺安心多了。

街上有幾個小女孩仍在玩跳繩，邊跳邊唱全國各地遊樂場都在流行的兒歌。

「伊卡伯格，伊卡伯格，你一停牠就抓住你，伊卡伯格，伊卡伯格，一直跳啊別停息，如果你感覺怪怪的，千萬不要回頭看，因為牠逮到一個士兵叫比米——」

其中一個正在幫朋友甩繩子的小女孩看見比米希太太，尖叫一聲後，她扔下手上的繩子。其他小女孩也轉頭，看到糕點主廚後個個臉紅耳赤。有個女孩發出害怕的傻笑，另一個女孩則嚇得哭出來。

「沒關係，小姑娘，」比米希太太勉強擠出微笑，「不要緊。」

當她經過時，孩子們仍安靜地站著不動，直到比米希太太忽然又轉頭看那個扔下手上繩子的女孩。

「妳那件洋裝，」比米希太太問，「是從哪裡來的？」

那個滿面通紅的小女孩低頭看看她身上的衣服，再看看比米希太太。

「我爹地給我的，夫人，」女孩說，「他昨天下班回家的時候。他還給我哥哥一個溜溜球。」

比米希太太對著那件洋裝又多看了幾秒，這才慢慢轉身走回家。她告訴自己她一定看錯了，但她明明記得黛西．多夫泰曾經穿過一件一模一樣的衣服——陽光般的豔黃色，領口和袖口都繡上雛菊——黛西的媽媽在世的時候，黛西的所有衣服都是她親手縫製的。

# 30

# 木腳

一個月過去了，多夫泰先生在地牢深處拚命工作。他必須完成怪獸的木腳，這樣他才能再度見到黛西。他強迫自己相信史必唾會遵守諾言，在他完成他的任務之後讓他離開地牢——即使他的腦子裡有個聲音不斷地說：「**他們絕對不會讓你回去，絕對不會。**」

為了驅除內心的恐懼，多夫泰先生開始唱國歌，一遍又一遍地唱。

「豐——饒角，讚美吾王，豐——饒角，高聲歡唱……」

他持續不斷的歌聲，比他的鑿子和鐵鎚的聲音更讓其他囚犯感到煩躁。如今已變得又瘦又憔悴的古德菲上尉哀求他停止，但多夫泰先生毫不在意。他已經有點精神錯亂了。他錯亂地以為如果他展現自己是國王忠心耿耿的臣民，史必唾也許會認為他沒這麼危險，因而釋放他。於是木匠的牢房整天傳出工具的敲擊聲與刨木頭的聲音，以及唱國歌的聲音。漸漸地，緩慢但清晰可見，一隻有爪子的怪獸腳成形了，上面還有一根長柄，這樣騎在馬上的人就可以將它深深烙印在柔軟的地上。

當這隻木腳終於完工時，史必唾、弗拉捧，和羅奇少校都到地牢來看。

「是的，」史必唾徐徐說道，從各個角度檢查這隻腳，「非常好，你看呢，羅奇？」

「我認為造得非常好，大人。」少校回答。

「你做得不錯，」史必唾對木匠說，「我會叫獄卒今晚多分配一點口糧給你。」

「可是您說一旦我完成就可以獲得自由，」多夫泰先生說著跪下來，臉色蒼白、神情疲憊，「求求您，大人，求求您，我必須見我的女兒……**求求您**。」

多夫泰先生伸手去握史必唾勳爵瘦骨嶙峋的手，但史必唾用力把手抽回去。

「不要碰我，叛徒，你應該感激我沒有將你處死。如果這隻腳起不了作用，我也許還會要你的命——如果我是你，我會祈禱我的計畫成功。」

# 31 肉販失蹤

那天晚上，在夜色的掩護下，一隊黑衣騎士在羅奇少校的率領下離開泡芙城。他們當中的一輛馬車上有一個大麻袋，麻袋內藏著那隻巨大的木腳，腳上雕刻著鱗片和長長的腳爪。

一行人來到男爵鎮郊外，騎士們——史必唾為這次任務特別挑選的伊卡伯格防衛隊成員——下馬，為他們的馬蹄套上麻布以消除雜音和腳印，然後從車上取下那隻大腳，再度上馬，帶著大腳來到肉販塔比．騰德隆與他的妻子居住的地方。幸運的是，它與鄰居之間還有一點距離。

現在有幾個士兵將他們的馬拴好，偷偷溜到塔比家的後門，強行進入。其餘的人把大腳壓在後門周圍的泥地上。

五分鐘後，士兵們把沒有孩子的塔比與妻子抬出來，扔上了馬車，兩人都被捆住了手腳，堵住了嘴巴。我現在告訴你好了，他們打算把塔比和他的妻子殺死，埋在樹林裡，就是二等兵普拉德理應殺死黛西並將她掩埋的地方。史必唾只留下他用得著的人，譬如，如果伊卡伯格的腳損壞了，他可能需要多夫泰先生修理它；以及古德菲上尉和他的朋友，也許有一天他還需要把他們拖出去，讓他們再說一遍有關伊卡伯格的謊言。

但一個犯了叛國罪的香腸製造商，史必唾實在想不到他能有什麼用，所以他下令將他殺了。至於可憐的騰德隆太太，史必唾幾乎沒有考慮到她，但我希望你知道，她是一個非常善良的人，不但幫她的朋友照顧小孩，還在當地的唱詩班裡唱歌。

騰德隆夫婦被帶出去後，剩下的士兵將屋內的家具砸毀，使它看起來彷彿是一隻巨大的生物所為，其他士兵則推倒後院的圍籬，並將大腳印在騰德隆的雞舍周圍的軟土地上，看上去就好像這隻四處覓食的怪物也偷襲了這些雞。有一名士兵甚至脫下他的襪子和靴子，在柔軟的地上留下光腳印，彷彿塔比曾經衝出來保護他的雞隻。最後，一個士兵割斷一隻母雞的脖子，在地上灑了許多鮮血和雞毛，最後又推倒雞舍的一面牆，讓剩下的雞逃走。

士兵們在塔比屋外的泥地上又印了許多大腳印，讓人覺得那怪物好像跑到堅硬的地面上去了，接著，這些士兵們把多夫泰先生的創作又帶上了馬車，放在即將被殺害的肉販夫婦旁邊，然後他們再度上馬，消失在夜色中。

## 32

# 計畫中的瑕疵

第二天，騰德隆先生和騰德隆太太的鄰居醒來後發現路上到處都是雞，便急忙去通知塔比他的雞逃走了。想像一下，當鄰居們發現那些巨大的腳印、地上的鮮血和滿地的雞毛、遭到破壞的後門，以及騰德隆夫婦不見人影後，他們會有多麼驚慌。

不到一個鐘頭，一大群人已聚集在塔比的空屋外，大夥兒都在檢查那些恐怖的大腳印、被砸毀的門，和遭到嚴重破壞的家具。人們開始恐慌，短短幾個小時內，伊卡伯格侵入男爵鎮一個肉販屋子的消息已傳遍東南西北方。鄉鎮的街頭公告員在市區各個廣場上搖鈴廣播。兩天後，全國只有沼澤區的居民對伊卡伯格已連夜偷偷南下，並擄走兩個人的事一無所知。

史必唾派到男爵鎮的密探一整天都混在人群當中觀察他們的反應，並傳話給他的主人，告訴他計畫非常成功。然而，到了當天傍晚，正當密探打算去酒館點一客香腸卷和一杯啤酒慶祝時，他注意到有一群人一邊研究伊卡伯格的腳印，一邊交頭接耳。密探於是湊過去。

「真可怕，不是嗎？」密探問他們，「牠的腳真大！牠的爪子真長！」

塔比的一個鄰居直起身子，皺著眉頭。

「牠是用單腳跳的。」他說。

「你說什麼？」密探說。

「牠是用單腳**跳**的，」鄰居又說一遍，「瞧，這些都同樣是左腳，不斷反覆出現，這個伊卡伯格要麼是用跳的，要麼……」

那個人沒有把話說完，但他臉上的表情讓密探心生警惕。他沒有走向酒館，而是跳上他的馬，快速奔向王宮。

〈玫瑰 The Rose〉
徐芷晴/13歲/美國

# 33

# 弗瑞德國王憂心忡忡

此時，史必唾和弗拉捧還不知道他們的詭計出了差錯，他們剛坐下來，和國王一起享用豐盛的消夜。弗瑞德聽到伊卡伯格攻擊男爵鎮的消息後大驚失色，因為這意味著這個怪物已經比以前更接近王宮了。

「真是可怕。」弗拉捧說，叉起一整條血腸放在餐盤上。

「真是令人震驚。」史必唾說，為自己切了一片雉雞肉。

「我不明白的是，」弗瑞德煩躁地說，「牠是如何突破封鎖的！」

因為，當然啦，國王知道的是，有一部分伊卡伯格防衛隊的士兵永久駐紮在沼澤邊緣，阻止伊卡伯格逃到國內其他地區。史必唾一直等著國王提出這個疑問，他早已準備好他的解釋。

「我很遺憾地說，兩名士兵在站崗的時候睡著了，陛下，伊卡伯格在他們毫無警覺的情況下，把他們吃掉了。」

「苦難的聖徒！」弗瑞德說，大驚失色。

「突破防線後，」史必唾繼續說道，「這個怪物就一路往南走。我們認為牠是被肉的香味吸引到男爵鎮。牠在那裡吃了幾隻雞，還吃掉了肉販和他的妻子。」

「太可怕了，太可怕了。」弗瑞德說著打了一個寒顫，將他的餐盤推開，「然後牠又潛逃回沼澤地了吧？」

「我們派去追蹤的人是這樣告訴我們的，陛下，」史必唾說，「但牠現在已嚐到平常只吃男爵鎮香腸的肉販滋味，我們必須做好準備，防止牠經常突破駐軍的防線——這是為什麼，我主張我們應該加倍部署人力駐紮在那個地方，陛下，可悲的是，這意味著要加倍徵收伊卡伯格稅。」

弗拉捧聽了偷笑，幸好弗瑞德正望著史必唾。

「是……我**想**這是合理的。」國王說，

他站起來，開始不安地在餐廳內踱步。燈光照亮他的衣服，顯得格外美麗——今天是淺藍色的絲綢套裝，上面鑲海藍寶鈕釦。當他停下腳步欣賞鏡中的自己時，弗瑞德的表情卻籠罩著憂鬱。

「史必唾，」他說，「人民仍然**喜歡**我吧？」

「陛下怎能說這種話？」史必唾吃驚地說，「您是豐饒角國史上最受愛戴的國王！」

「因為……昨天打獵回來時，我不由得想，人們似乎不像以前看到我的時候那麼開心，」弗瑞德國王說，「幾乎沒有歡呼聲，旗子也只有一面。」

「給我他們的姓名和地址。」弗拉捧含著滿口的血腸說，伸手去摸他口袋裡的鉛筆。

「我不知道他們的姓名和地址，弗拉捧，」弗瑞德說，撥弄著窗簾上的流蘇，「他們只是路過的人，但這讓我很難過，然後，回到宮中後，我又聽說請願日被取消了。」

「啊，」史必唾說，「是的，我正要向陛下您解釋……」

「不必了，」弗瑞德說，「艾絲蘭妲小姐已經跟我說過這件事了。」

「**什麼？**」史必唾說，狠狠瞪了弗拉捧一眼。他早已嚴格指示他的朋友絕對不能讓艾絲蘭妲小姐靠近國王，因為他擔心她會把事情告訴他。弗拉捧皺著眉頭，聳聳肩。說

真的，史必唾怎能期待他分分秒秒都守在國王身邊，畢竟，每個人偶爾都得上廁所。

「艾絲蘭妲小姐告訴我，人們抱怨伊卡伯格稅太高。她說謠言滿天飛，說根本沒有任何部隊駐紮在北方！」

「胡說八道。」史必唾說，儘管沒有部隊駐紮在北方完全是事實，而且，越來越多人抱怨伊卡伯格稅也是事實，這也是為什麼他取消請願日的原因。他最不希望的就是弗瑞德聽到他正逐漸失去民心。他怕弗瑞德愚蠢的腦袋也許會想到要減稅，或者更糟，派人去調查北方的假想駐軍。

「顯然，有時兩個部隊會交班換防，」史必唾說，他想，現在他必須在沼澤附近部署一些士兵了，以防那些愛管閒事的人問東問西。「可能有些愚蠢的沼澤地居民看到一隊士兵騎馬離開，就以為沒有人在那裡駐防……我們何不把伊卡伯格稅增加到**三倍**，陛下？」史必唾問，心想，這些抱怨的人活該。「畢竟，那個怪物昨天晚上**確實**突破了防線！這樣沼澤地邊上就再也不會有人員不足的危險了，皆大歡喜。」

「是的，」弗瑞德國王不安地說，「是的，有道理。我的意思是，如果怪物能在一夜之間殺害四個人和幾隻雞……」

就在這時，僕役坎克比進入餐廳，腰彎得低低的，對史必唾喃喃低語，說男爵鎮密探剛剛抵達，並從這個製造香腸的城市帶來緊急的消息。

「陛下，」史必唾不慌不忙說，「我得暫時離開您，不用擔心！我的、呃，我的馬出了一點小問題。」

## 34

# 再多三隻腳

「這最好值得花費我的時間。」五分鐘後，史必唾進入藍廳時怒氣沖沖地說。密探正在那裡等候。

「大——大人，」那個人上氣不接下氣地說，「他們說——那個怪物是……**用單腳跳的**。」

「他們說**什麼**？」

「單腳跳，大人——**單腳跳**！」他氣喘吁吁地說，「他們發現——所有的腳印——都是同樣的一隻——左——腳！」

史必唾啞口無言。他怎麼也沒想到一般老百姓可能聰明到能看出這樣的事。事實上，他這輩子從來不需要照料牲口，即便是他自己的馬；他也從來不用費心，也就不會考慮到：動物的四隻腳也許不會在地上印出相同的腳印。

「一定要每件事都由我來操心嗎？」史必唾恨恨地說，大踏步走出藍廳。他走到衛兵室，發現羅奇少校正在裡面飲酒，並和幾個朋友一起打牌。少校一看到史必唾，立刻跳起來。史必唾把他叫出衛兵室。

「我要你立刻召集伊卡伯格防衛隊，羅奇，」史必唾低聲對羅奇說，「你們要騎馬北上，而且一路上要大張旗鼓。我要泡芙城一直到酒香城的每一個人都看到你們經過，然後，等你們到了北方後，分散開來，並派人在沼澤邊界站崗。」

「可是——」羅奇少校開口，他已過慣了王宮內輕鬆自在又應有盡有的生活，他只需要偶爾換上制服，騎馬巡視一下泡芙城。

「我不要『但是』，我要行動！」史必唾大聲說，「謠言滿天飛，說北方沒有人駐防！現在就去，叫醒越多人越好——但是留兩個人給我，羅奇，只要兩個人，我還有另外一個小任務給他們。」

於是羅奇滿臉不悅地跑去召集他的部隊，史必唾一個人走下地牢。

當他來到地牢時，第一個聽到的是多夫泰先生的聲音，他還在唱國歌。

「安靜！」史必唾大聲斥喝，拔出他的劍，命令獄卒帶他進入多夫泰先生的囚室。

木匠和史必唾上次見到他時已變了個樣子。自從得知他不會被允許離開地牢去見黛西後，多夫泰先生的眼神已現出幾許瘋狂。當然，他有好幾個星期沒有刮鬍子，頭髮也長長了。

「我說，安靜！」史必唾大吼，因為木匠似乎不能控制自己，仍然哼著國歌。「我還需要另外三隻腳，你聽見了嗎？還要一隻左腳和兩隻右腳。你明白我的意思嗎，木匠？」

多夫泰先生停止哼國歌。

「如果我刻好了，你會讓我出去見我的女兒嗎，大人？」他用沙啞的聲音說。

史必唾微笑，他知道這個人漸漸瘋了，因為只有瘋子才會以為他再多雕刻三隻伊卡伯格的腳之後就會被釋放。

「我當然會，」史必唾說，「我明天早上第一件事就把木頭運來給你。努力工作，木匠，等你完工後，我會讓你出去見你的女兒。」

史必唾離開地牢後，發現有兩名士兵已經如他所要求正在待命了。史必唾把他們帶到他樓上的寢室，確認僕役坎克比沒有在附近鬼鬼祟祟逗留後，他把門鎖上，然後轉身對他們下了指令。

「如果你們把這件事辦成了，每人都能得到五十枚金幣的獎賞。」他說。兩名士兵都很興奮。

「你們要去跟蹤艾絲蘭妲小姐，早、中、晚都要。聽明白了嗎？不能讓她知道你們在跟蹤她。你們要等到她單獨一個人的時候綁架她，這樣才不會被別人聽到或看到。如果她逃走，或者如果你們被發現，我會否認我對你們下指令，並且處死你們。」

「抓住她之後，我們要做什麼？」其中一名士兵問，他的表情已不再是興奮，而是非常恐懼了。

「嗯……」史必唾說，轉身望著窗外，考慮對艾絲蘭妲做什麼最好。「宮廷小姐不同於肉販，伊卡伯格不可能進入王宮吃掉她……不，我想這樣最好，」史必唾說，狡猾的臉上緩緩展開一抹微笑，「你們將艾絲蘭妲小姐帶到我在鄉下的莊園，等你們到了那裡之後送個信給我，我會去找你們。」

# 35 史必唾勳爵求婚

幾天後，艾絲蘭妲小姐獨自一個人在王宮的玫瑰花園散步，那兩個躲在樹叢後面的士兵見機會來了便抓住她，堵住她的口，捆綁她的雙手，並將她載到史必唾的鄉下莊園，然後他們送信給史必唾，等候他到來。

史必唾立即把艾絲蘭妲小姐的侍女米莉森叫來，以殺害米莉森的小妹為要挾，強迫她傳達消息給艾絲蘭妲小姐的所有朋友，告訴他們她的女主人已決定去當修女。

艾絲蘭妲小姐的朋友聽到這個消息都很震驚，因為她從來沒有對他們任何人說過她想成為修女。事實上，有幾個人甚至懷疑史必唾和她的突然失蹤有關。然而，我很遺憾地告訴你，現在人人都很害怕史必唾，除了私下互相表達疑慮之外，艾絲蘭妲的朋友都沒有採取行動去尋找她，或者向史必唾詢問他是否知道她的消息。更糟的是，他們都沒有設法營救米莉森——她在企圖逃出城中城時被士兵抓到，並關入地牢。

翌日，史必唾出發返回他的鄉下莊園，並在傍晚抵達。他發給兩名綁架艾絲蘭妲的士兵每人各五十枚金幣，並警告他們，如果他們說出去就處死他們。史必唾對著鏡子梳理一下他稀疏的鬍子後便去找艾絲蘭妲小姐。她坐在積滿灰塵的圖書室內，就著燭光閱讀一本書。

「您好，尊貴的女士。」史必唾說，對她一鞠躬。

艾絲蘭妲小姐默默地望著他。

「我有個好消息告訴您，」史必唾繼續含笑說，「您將成為首席顧問的妻子。」

「我寧可早點死。」艾絲蘭妲小姐輕快地說，翻過一頁，繼續讀她的書。

「得了，得了，」史必唾說，「如同您所見，我的屋子真的需要一個女人來管理，您在這裡，會比老盯著那個起司製造商的兒子要快樂得多，而且更能發揮您的所長，反正他現在隨時都有可能餓死。」

艾絲蘭妲小姐早就料到史必唾會提起古德菲上尉，因此打從她抵達這間冰冷又骯髒的屋子時，就一直為這一刻先做準備。因此她——既沒有臉紅，也沒有哭泣，她說：

「我很久以前就不再關心古德菲上尉了，史必唾勳爵。他坦白自己犯了叛國罪的樣子令我厭惡，我永遠不可能愛上一個背信棄義的人——這也是為什麼我永遠也不可能愛上您。」

她說得如此斬釘截鐵，以致史必唾相信了她。他試著用不同的威脅方式，對她說如果她不嫁給他，他就殺了她的父母。但艾絲蘭妲小姐提醒他，她和古德菲上尉一樣是個孤兒。接著史必唾又說，他要把她媽媽遺留給她的所有珠寶都拿走。但她聳聳肩，說她反正更愛書籍。最後，史必唾威脅要殺死她，艾絲蘭妲小姐建議他立刻動手，因為這比聽他廢話要痛快得多。

史必唾氣死了，他早已習慣於要什麼有什麼，此刻居然還有他得不到的東西，這使得他想要的欲望更強烈了。最後，他說如果她這麼喜歡書，他就永遠把她關在圖書室內，並把所有窗戶都裝上鐵柵，管家史空伯每天會送三餐給她吃，但她只能離開那個房間去廁所——除非她答應嫁給他。

「那我就死在這個房間內，」艾絲蘭妲小姐平靜地說，「或者，也許——誰知道呢？——死在廁所裡。」

首席顧問再也無法讓她多說出半句話，怒氣沖沖地離開了。

〈沉寂〉
許芝瑄/13歲/台灣彰化

# 36

# 豐饒角國陷入饑荒

一年過去了……然後兩年……然後三年，四年，五年。

小小的豐饒角王國，它神奇的肥沃土壤，起司製造商、釀酒師與糕點廚師精湛的技藝，一度讓它的鄰國羨慕不已，如今卻已變得幾乎讓人認不出來。

這是真的，泡芙城還和以前差不多。史必唾不想讓國王知道有任何變化，因此他在首都花費大量金子使它維持原樣，尤其是城中城內。但北邊城鎮的居民卻快活不下去了。越來越多商業——店鋪、酒館、鐵匠、車輪匠、農田，以及葡萄園——陸陸續續關閉。伊卡伯格稅使人民陷入貧困。不但如此，人人都害怕成為下一個伊卡伯格的受害者——沒人想被破門而入，並在住家與農田四周留下類似怪獸足跡的東西，不管是因為伊卡伯格還是別的什麼。

有人表示懷疑，不相信這些攻擊事件真的是伊卡伯格所為，但這種人通常第二天就會有「黑腳兵」登門拜訪。這是史必唾和羅奇為一個特別行動小組所取的名稱，這些人專門在夜間謀殺那些不相信伊卡伯格的人，並且在受害者的住家四周留下腳印。

不過，有時那些懷疑伊卡伯格的人不住在郊外，而是住在市區內，這就很難在不被鄰居發現的情況下偽裝成攻擊事件。遇到這種情況，史必唾會進行審判，並威脅他們的家人，如同他對付古德菲和他的朋友那樣，迫使被告承認他們犯了叛國罪。

審判次數增加意味著史必唾必須監督興建更多的監獄，同時還需要更多孤兒院。

你問，為什麼他需要孤兒院？

是這樣的。首先，有許多家庭的父母被殺害或者入獄，由於現在人人連養活自己的家人都有困難，更別提有多餘的能力收養被遺棄的孩子。

其次，貧窮的人都快餓死了。由於父母通常先把食物讓給他們的子女吃，小孩往往是家中最後一個活著的人。

第三，有些走投無路、無家可歸的家庭將他們的子女送去孤兒院，因為那是他們可以確保孩子有吃有住的唯一辦法。

我不知道你是否還記得那個叫海蒂的宮廷女僕？她勇敢地通知艾絲蘭妲小姐，說古德菲上尉和他的朋友即將被處死。

海蒂用艾絲蘭妲小姐給她的金幣，雇了一輛馬車返回家鄉——酒香城市郊她爸爸經營的葡萄園。一年後，她嫁給一個叫霍普金斯的男子，並生下一對雙胞胎，一男一女。

然而，繳納伊卡伯格稅對霍普金斯家來說是個沉重的負擔。他們失去了他們的小雜貨舖。海蒂的父母也無法幫助他們，因為在失去葡萄園後，兩老不久就餓死了。海蒂一家人已無家可歸，孩子們又餓得直哭，海蒂和她的丈夫只好絕望地走到咕噥大媽的孤兒院。雙胞胎傷心地哭著離開他們媽媽的懷抱。大門砰的一聲關上，門栓一一復歸原位。可憐的海蒂和她的丈夫哭著離開，哭得跟他們的孩子一樣傷心，他們祈禱咕噥大媽能使他們活下去。

# 37

# 黛西與月亮

自從黛西．多夫泰被裝入麻袋載到咕噥大媽的孤兒院後，孤兒院有了極大的變化。破爛的小屋如今成了一座氣派的石房，窗子裝上了鐵柵，每一扇門上都加裝了鎖，空間可以容納一百名兒童。

黛西還住在這裡，她長得更高更瘦了，但仍穿著她被綁架時身上穿的那套工作服。她把袖口和褲腳的縫線拆開加長，所以還能繼續穿，破了就仔細地加上補釘。這是她對自己的家，對爸爸的最後一點思念，所以她一直穿著它們，不像瑪莎和其他大女孩那樣，用裝卷心菜的布袋為自己縫衣服。

黛西被綁架後這些年，她仍一直認為她的爸爸還活著。她是個聰明的女孩，而且始終知道她的爸爸不相信伊卡伯格，所以她強迫自己相信他現在被關在某個地方的監獄裡，並且透過裝了鐵柵的窗戶，望著她每天晚上入睡以前都會注視的同一個月亮。

然後有一天晚上——她來到咕噥大媽的孤兒院的第六年——她為霍普金斯雙胞胎蓋好被子，向他們保證他們很快就會見到他們的媽咪和爹地後，黛西躺在瑪莎的旁邊，和往常一樣望著天上的淡金色圓月，她突然意識到自己不再相信她的爸爸還活著了。那個希望已經像鳥兒逃出被掠奪的鳥巢般離開她的心。淚水滲出了黛西的眼眶，但她告訴自己，爸爸此刻正在一個更好的地方，和媽媽一起在美好的天堂裡。她試著在這樣安慰自己：她的父母既然不再受到人間的束縛，他們就能住在任何地方，包括她自己的心底，而她必須在心中永遠保持自己的懷念，一如不滅的火焰。但是，當你真正希望的是他們回到你身邊，並緊緊擁抱你時，卻發現他們只能活在你心中，是一件難受的事。

黛西和孤兒院的許多孩子不一樣，她對爸爸媽媽有清晰的記憶。這份愛的回憶支撐著她。她每天幫忙照顧孤兒院的小小孩，並給予他們她自己想念的擁抱與溫暖。

但是，使黛西得以支撐下去的，不僅僅是她對她的媽媽與爸爸的思念，她還有一個奇怪的感覺，就是她會做一件大事——一件不但會改變她自己的生命，還會改變豐饒角國命運的事。她從來沒有把這個奇怪的感覺告訴任何人，甚至沒有告訴她最要好的朋友瑪莎，但它是一個力量的來源。黛西確信，她的機會一定會到來。

# 38

# 史必唾勳爵來訪

在過去幾年間，咕噥大媽是豐饒角國內少數幾個越來越富有的人之一。她在她的小屋中塞滿許多兒童與嬰兒，她的地方都快擠爆了，然後她向如今統治這個王國的兩位勳爵請款，以擴建她那搖搖欲墜的小屋。這陣子孤兒院是個蓬勃發展的事業，這意味著咕噥大媽已能吃上只有富人才吃得起的山珍海味。她的金幣大部分都用來購買酒香城最上等的葡萄酒。我很遺憾地說，每當咕噥大媽喝醉後，她會變得非常殘忍。就因為咕噥大媽醉酒後脾氣暴戾，孤兒院內的孩子身上經常傷痕累累。

有些孩子因為簡陋的卷心菜湯飲食與殘酷的對待，活不了多久就死了。飢餓的孩子不斷從前門進來，屋子後面的小墓園也變得越來越擁擠。但咕噥大媽根本不在乎。孤兒院內的所有約翰與珍妮在她眼中都一樣，他們的臉頰蒼白瘦削，他們唯一的價值是她收留他們之後可以領到的金幣。

但在史必唾勳爵統治豐饒角國的第七年，他又一次接到咕噥大媽的補助申請，首席顧問決定在撥出更多經費給這個老太婆之前，他要先去視察這個地方。咕噥大媽費心打扮，穿上她最好的黑色絲綢洋裝來迎接勳爵大人，並且謹慎地不讓他聞到從她身上散發的酒味。

「他們真是可憐的小東西，不是嗎，大人？」她問他。

他環顧所有蒼白瘦弱的兒童，用他噴了香水的手帕捂著鼻子。咕噥大媽彎腰抱起一個幼小的沼澤地兒童，他的肚子因為飢餓而腫大。「您瞧，他們多麼需要大人您的幫助。」

「是的，是的，顯然，」史必唾說，用他的手帕蒙著他的大半張臉。他不喜歡小孩，尤其是這種髒兮兮的小孩，但他知道許多豐饒角國人民愚蠢地喜歡小鬼頭，所以聽任太多小孩死掉不是個好主意。「好吧，經費批准了，咕噥大媽。」

當他轉身要離開時，他注意到門口旁邊站著一個蒼白的女孩，她的兩條手臂各抱著一個嬰兒。她穿著一套已經放長、又縫了許多補靪的工作服。這女孩和其他孩子有點不一樣，史必唾甚至有種奇怪的感覺，似乎他以前見過某個跟她長得很像的人。她和其他小鬼不同，似乎絲毫沒有被他的首席顧問曳地長袍打動，也沒有把他身上那些叮噹作響、他自己頒給自己的「伊卡伯格防衛軍軍團上校」勳章放在眼裡。

「妳叫什麼名字，姑娘。」史必唾問，在她的身邊停下腳步，並放下他的香水手帕。

「珍妮，大人，我們在這裡都叫珍妮。」黛西說，用冷漠、嚴肅的眼光望著史必唾。她記得他在他們以前玩耍的王宮庭園見過他，每當他和弗拉捧皺著眉頭經過時，孩子們都嚇得不敢出聲。

「妳為什麼不行屈膝禮？我是國王的首席顧問。」

「首席顧問不是國王。」黛西說。

「她說什麼？」咕噥大媽嘶啞地說，蹣跚地走過去看黛西有沒有惹禍。在孤兒院中的所有小孩中，咕噥大媽最不喜歡黛西。儘管咕噥大媽想盡各種方法，這個女孩的精神卻始終沒有被完全擊潰。「妳說什麼，醜八怪珍妮？」她問。黛西一點也不醜，這個外號是咕噥大媽用來打擊她的精神的方式之一。

「她在解釋為什麼她不對我行屈膝禮。」史必唾說，仍然注視著黛西那對深色的眼睛，一邊思索他到底在哪裡見過它們。

事實上，他經常造訪地牢時就曾在木匠的臉上見過它們，但因多夫泰先生已經瘋了，一頭長長的白頭髮和白鬍子，而眼前這個女孩看起來既聰明又冷靜，所以史必唾沒有把他們聯想在一起。

「醜八怪珍妮向來沒禮貌，」咕噥大媽說，心中暗暗發誓，等史必唾勳爵離開後，她要立刻懲罰黛西。「總有一天我會把她趕出去，大人，讓她嘗嘗在大街上要飯的滋味，省得她住著我的、吃著我的，還不知好歹。」

「我會**多麼**想念卷心菜湯啊，」黛西用冷漠、強硬的聲音說，「您知道我們在這裡吃什麼嗎？大人？卷心菜湯，一天三餐？」

「我相信一定很營養。」史必唾勳爵說。

「不過，有時候會有特別的點心，」黛西說，「我們會吃到『孤兒院蛋糕』。您知道那是什麼嗎，大人？」

「不知道。」史必唾不由自主說，這個女孩有一點……**是什麼呢**？

「它們是用壞掉的食材製作的，」黛西說，一雙深色的眼睛望進他的眼裡，「臭雞蛋、發霉的麵粉、從櫥櫃挖出來的一點過期很久的東西……人們沒有其他任何多餘的食物分給我們，只好把他們不要的東西湊在一起，放在前門的台階上。有時孩子們吃了這些『孤兒院蛋糕』後會生病，但他們還是吃下去了，因為他們很飢餓。」

史必唾並不是真的在聽黛西說什麼，而是聽她的口音。她雖然在酒香城住了這麼久，但她的聲音仍然帶有一點泡芙城的腔調。

「妳從哪裡來的，姑娘？」他問。

其他小孩這時都安靜下來，他們都在看勳爵和黛西對話。咕噥大媽雖然討厭黛西，但黛西最受那些小小孩的喜愛，因為他們被咕噥大媽和霸凌約翰欺侮時她會保護他們，而且她從不偷竊他們的乾麵包，不像其他一些大孩子。她還常常從咕噥大媽的私人儲藏室偷拿麵包和起司給他們吃——雖然那是危險的事，黛西有時還會因此被霸凌約翰毆打。

「我來自豐饒角國，大人，」黛西說，「您一定聽過，它是一個曾經存在的國家，那裡沒有窮人，也沒人挨餓。」

「夠了，」史必唾怒氣沖沖地說，然後轉向咕噥大媽，「我同意妳說的，夫人，這個孩子似乎不懂得感激妳的仁慈，也許她應該出去外面的世界，自生自滅。」

說完，史必唾迅速離開孤兒院，前門砰的一聲關上。他一離開，咕噥大媽的手杖就揮向黛西，但黛西早已訓練有素，一閃身就避開了。老太婆一邊蹣跚地走開，一邊揮舞她的手杖，所有小孩都急忙四下逃散。她進入她舒適的房間後用力把門關上，孩子們聽到從裡面傳出軟木塞的開瓶聲。

那天晚上，瑪莎和黛西爬進她們的床鋪後，瑪莎忽然對黛西說：

「妳知道嗎，黛西，妳對首席顧問說的話不對。」

「哪一句，瑪莎？」黛西低聲問。

「從前人人都吃得飽又快樂，這不是真的，在沼澤地，我們家就從沒吃飽過。」

「對不起，」黛西小聲說，「我忘了。」

「當然，」睡眼惺忪的瑪莎說，「伊卡伯格老是偷走我們的羊。」

黛西又往她薄薄的毯子底下鑽得更深一點，試圖保持溫暖。在她們相處的這些時光中，她始終無法使瑪莎相信伊卡伯格不是真實的。但今天晚上，黛西也希望自己能相信沼澤地裡有怪物，而不願相信她從史必唾眼中看到的人性邪惡的一面。

〈發霉的蛋糕〉
吳盈欣/13歲/台灣彰化

39

# 伯特與伊卡伯格防衛隊

現在我們要回到泡芙城，那裡即將發生幾件大事。

我相信你還記得比米希少校的葬禮那天，小伯特回到家後，用火鉗砸爛了他的伊卡伯格木雕玩具，並發誓等他長大後，他要去追捕伊卡伯格，向這個怪物報殺父之仇。

現在伯特即將十五歲了，你也許覺得這個年紀還不算太大，但在那個時代，他已經大到可以去當兵了。伯特聽說伊卡伯格防衛隊正在擴大徵兵，於是在一個星期一的早晨，伯特在沒有告訴媽媽他的計畫的情況下，依舊在平常的上學時間離開他們的小屋。但他沒有去學校，而是把他的學校課本藏在花園的樹籬下，這樣他可以晚一點來取走。然後他朝王宮走去。他打算去申請加入防衛隊。為了求得好運，他戴上爸爸英勇對抗伊卡伯格而贏得的銀質勳章，將它藏在襯衫底下。

伯特沒走多遠就看到前方路上有些騷動，一小群人圍著一輛郵政馬車。他因為忙著思考如何回答羅奇少校一定會問的問題，便很快地從郵車旁邊走過，沒有多加注意。

伯特不知道，這輛郵車的到來將造成非常嚴重的後果，並使他展開危險之旅。現在我們暫且讓伯特繼續走一會兒，我來告訴你有關這輛郵政馬車的事。

自從艾絲蘭妲小姐稟告國王，豐饒角國人民很不滿意伊卡伯格稅之後，史必唖和弗拉捧就採取行動，確保國王以後不會再聽到首都以外的消息。由於泡芙城依舊相當富裕與繁榮，現在已不再離開首都的國王便以為王國的其他地方必定也和以前一樣繁榮富裕。事實上，豐饒角國的其他城市滿街都是乞丐，店舖都用木板封了起來，因為兩位勳爵從百姓身上強行徵收大量的金幣。為了使國王永遠不會聽到這些消息，史必唾勳爵——反正國王的郵件都由他負責閱讀——最近雇了一幫攔路強盜，阻止任何郵件進入泡芙城。唯一知道這件事的人是羅奇少校，因為這幫強盜是他雇來的；以及僕役坎克比，當這個計畫正在醞釀時，他就躲在衛兵室的門外偷聽。

史必唾的計畫到目前為止一直很順利，但是今天，在即將黎明之前，幾個攔路強盜把事情搞砸了。他們照常伏擊郵車，將可憐的車夫從他的座位拖下來，但他們還來不及搶走郵包，那些受驚的馬兒便開始撒腿狂奔。強盜跟在後面開槍，卻反而使馬兒跑得更快，於是那輛郵車很快進了泡芙城並穿梭在大街小巷上，最後跑進了城中城，有個鐵匠成功地抓住轡繩，這才讓馬兒停下來。很快地，國王的僕人們拆閱他們等待已久的北方家人的信件。我們稍後就會知道這些信上說了些什麼，現在我們要把時間交給伯特，他剛剛抵達王宮大門。

「麻煩您，」伯特對守門的衛兵說，「我想加入伊卡伯格防衛隊。」

衛兵問了伯特的姓名，叫他等一下，然後將信息傳達給羅奇少校。然而，當他走到衛兵室門口時，這名衛兵停下腳步，因為他聽到裡面傳出大吼大叫的聲音。他敲敲門，聲音立刻沉寂下來。

「進來！」羅奇大聲說。

衛兵進門，發現他的面前有三個人：羅奇少校，他看起來非常憤怒；弗拉捧勳爵，身穿條紋絲質長袍的他臉龐脹得通紅；以及僕役坎克比，他和往常一樣，不早不晚，剛好在他走路去上班時看到郵車狂奔進城。他立刻跑去報告弗拉捧，信件已成功地逃過攔劫。弗拉捧聽到這個消息後暴跳如雷，立即從他的寢室衝下樓，進入衛兵室，將攔路強盜任務失敗的事歸咎於羅奇，兩人於是爆發激烈的爭吵。史必唾前去視察咕噥大媽的孤兒院了，他們都不希望他回來時聽到這件事後大發雷霆責備自己。

「少校，」衛兵說，向兩位長官敬禮，「王宮大門有個少年，名叫伯特．比米希，他想知道自己是否能加入伊卡伯格防衛隊。」

「叫他滾開。」弗拉捧大聲說，「我們正在忙！」

「不能叫比米希的兒子滾開！」羅奇怒聲說，「立刻帶他進來。坎克比，你可以走了！」

「我希望，」坎克比以他一貫卑劣的態度說，「兩位大人也許可以賞我一點——」

「郵車從身邊疾馳而過時，任何白癡都能看得見！」弗拉捧說，「如果你想得到獎賞，就應該立刻跳上郵車，直接將它駛離城市！」

大失所望的坎克比只好悻悻然離去，衛兵回去帶伯特。

「你幹嘛去忙這個男孩的事？」房間內剩下他們兩人時，弗拉捧問羅奇，「我們還得解決郵件的問題！」

「他不是普通的男孩，」羅奇說，「他是民族英雄的兒子。你還記得比米希少校吧，大人，你射殺了他。」

「好了，好了，沒有必要再提起這件事，」弗拉捧焦躁地說，「我們都因此而撈到不少金幣，不是嗎？你覺得這個男孩想要什麼——賠償？」

但羅奇少校還來不及回答，伯特走進來了，一臉的緊張與渴望。

「早安，比米希，」羅奇少校說，他認識伯特很長一段時間了，因為他是羅得理的朋友。「我能為你做什麼？」

「求求您，少校，」伯特說，「我想加入伊卡伯格防衛隊，我聽說您需要更多人員。」

「啊，」羅奇少校說，「我明白了。你為什麼想加入？」

「我想殺死那個害死我爸爸的怪物。」伯特說。

房間內出現短暫的沉默。羅奇少校真希望自己能像史必唾動爵那樣擅長編造謊言與藉口。他瞥了一眼弗拉捧動爵，希望求得他的幫助，卻沒有得到回應，儘管羅奇少校看得出弗拉捧也已意識到危險。伊卡伯格防衛隊最不需要的就是真心想找到伊卡伯格的人。

「要通過幾個測驗，」羅奇說。他在拖時間。「我們不是隨便讓每一個人都可以加入的，你會騎馬嗎？」

「喔，我會，少校。」伯特老實說，「我自學的。」

「你會用劍嗎？」

「我相信我可以很快舉起它。」伯特說。

「你會射擊嗎？」

「會的，少校，我可以射中圍場另一端的瓶子。」

「嗯，」羅奇說，「是的，但問題是，比米希──是這樣的，問題是，你也許太──」

「太笨。」弗拉捧殘忍地接下去說。他真希望這個少年走開，這樣他和羅奇才能想出郵車問題的解決辦法。

伯特立刻脹紅了臉。「什──什麼？」

「你的老師告訴我，」弗拉捧撒謊，他這輩子從未和任何學校老師說過話。「她說你有一點笨。除了當兵以外，任何工作你都可以做，但是一個笨蛋在戰場上會很危險。」

「我的——我的分數都還不錯，」可憐的伯特說，盡可能使自己的聲音不要顫抖，「孟克老師從未告訴我她認為我是——」

「她當然不會**告訴**你，」弗拉捧說，「只有笨蛋才會認為一個善良的女人會告訴一個笨蛋他是笨蛋。回去像你媽媽那樣，學做糕點吧，忘了伊卡伯格，這是我給你的忠告。」

伯特很怕他的眼睛溢出淚水。他用力皺著眉頭，不讓自己哭出來。他說：

「我——我希望我有機會來證明我不是——不是一個笨蛋，少校。」

羅奇不會像弗拉捧那樣粗暴處理問題，但畢竟，最重要的是阻止這個少年加入防衛隊。於是羅奇說：「抱歉，比米希，我不認為你適合當兵，但是，如同弗拉捧勳爵的建議——」

「謝謝您撥出時間，少校。」伯特急忙說，「很抱歉打擾了您。」

他微微一鞠躬，然後離開衛兵室。

出了衛兵室後，伯特拔腿狂奔，他有被貶低與羞辱的感覺。此刻他最不想做的一件事就是回學校，尤其是在聽到他的老師對他的評價之後。於是，以為他的媽媽已離開家去王宮廚房工作，伯特一路奔回家，完全沒有注意到一群人站在路口轉角談論他們手中的信件。

當伯特進入屋子時，發現比米希太太仍然站在廚房內，望著她手上的信發愣。

「伯特！」她發現她的兒子突然出現後嚇一跳，說「你回家做什麼？」

「牙疼。」伯特立刻編了個謊言。

「喔，可憐的孩子……伯特，我們剛接到哈洛德表哥寄來的一封信，」比米希太太說，舉起那封信，「他說他擔心他會失去他的酒館——他白手起家建立的那間很棒的客棧！他寫信來問我是否能幫他找個為國王做事的職務……我不明白到底發生了什麼，哈洛德說他全家人都在挨餓！」

「一定是伊卡伯格，不是嗎？」伯特說，「酒香城是最靠近沼澤地的城市，人們或許不在天黑之後去酒館了，怕路上遇到那個怪物！」

「是的，」比米希太太說，面有憂色，「是的，也許是這個原因……我的天，我上班要遲到了！」她把哈洛德表哥的信放在桌上後說：「在痛的牙齒上抹些丁香油，親愛的。」她在兒子的臉上快速親了一下後匆匆出門。

媽媽離開後，伯特回到他的房間，面朝下撲倒在床上，因為憤怒與失望而哭了起來。

同一時間，街頭上也充滿了焦慮與憤怒。泡芙城終於發現他們住在北方的親戚窮到挨餓與無家可歸。那天晚上史必唾動爵回到泡芙城時，發現城內正醞釀著一場大麻煩。

〈咦!?是子彈!!受驚的馬兒快跑!!〉
賴宥彤/10歲/台灣苗栗

# 40
# 伯特發現線索

當史必唾聽說一輛郵車已抵達泡芙城中心時，氣得抓起一張沉重的木頭椅子，朝羅奇少校的腦袋砸去。比史必唾強壯許多的羅奇，輕易地將椅子撥開，但一隻手立刻握住他的劍柄。有那麼幾秒鐘的時間，兩人站在昏暗的衛兵室內齜牙咧嘴的對峙，弗拉捧和幾個密探則在一旁看得目瞪口呆。

「你今晚就派一隊黑腳兵去泡芙城郊外，」史必唾命令羅奇，「你要製造一次突襲——我們必須**嚇一嚇**這些人，他們必須知道這筆稅非繳不可，必須了解他們的親戚正在承受的任何痛苦都是伊卡伯格的錯，不是我們或者國王，你現在就去收拾你造成的傷害！」

憤怒的少校離開房間，暗暗思忖如果讓他們兩人單獨相處十分鐘，他要用什麼方式收拾史必唾。

「你們，」史必唾對他的密探說，「明天向我報告羅奇少校有沒有把他的工作做好。如果泡芙城居民仍然議論著饑荒和窮親戚，那好吧，我們就讓羅奇少校嘗嘗地牢的滋味。」

於是，等到首都居民入睡後，一群羅奇少校率領的黑腳兵開始行動，他們要讓這座城市第一次相信伊卡伯格真的來了。他們挑選了首都郊區的一間小屋，它和鄰居之間還有一點距離。這群最擅長破門而入的人進入這間小屋。我必須痛心地說，他們殺害了住在裡面的一位小老太太。你也許會想知道，這位老太太寫過好幾本有漂亮插畫的漕河魚類繪本。當她的屍體被抬到一處偏遠的地方掩埋後，這群人便用多夫泰先生精心雕刻的四隻腳，在這位魚類專家的房屋四周印出許多可怕的大腳印，並砸毀室內的家具和魚缸，並任由她的魚類樣本在地上死去、大口喘氣。

次日上午，史必唾的密探報告計畫似乎已經成功。長久以來一直倖免於難的泡芙城，終於也遭到可怕的伊卡伯格的攻擊。由於現在黑腳兵的技術已經十分熟練，能把怪物足跡做得看起來很自然，破壞門窗也做得很像被一隻巨大的怪獸侵入，而且還能用尖銳的金屬工具在木頭上做出惟妙惟肖的牙齒印，以致蜂擁而至、擠著看可憐老太太房屋的泡芙城居民完全信以為真。

年輕的伯特．比米希在他的媽媽離開現場回家煮晚餐後仍然繼續留下來。他用心記住這個怪物的每一個腳印和獠牙痕跡的細節，這樣有助於他想像當他有一天終於和這個殺害他爸爸的邪惡怪獸對峙時會是什麼樣子，因為無論如何，他都不會放棄為爸爸報仇的雄心壯志。

當伯特確信他已經把怪物的每一個腳印都牢牢記在心上時，他走回家，內心燃燒著憤怒的火焰。他把自己關在房間裡，取下他爸爸的「對抗致命伊卡伯格的傑出勇士勳章」，以及他與黛西．多夫泰打架後國王送給他的小勳章。這些年來，這枚小勳章使伯特益發感傷。自從黛西搬去普里塔尼亞後，他就再也沒有一個像她這樣的好朋友了。但至少，他心中想著，她和她爸爸已遠離了邪惡的伊卡伯格。

憤怒的淚水在伯特的眼眶中打轉，他多麼想加入伊卡伯格防衛隊！他**知道**他會是一名出色的軍人，他甚至不害怕戰死！當然，對他的媽媽來說，如果伊卡伯格殺了她的丈夫又殺了她的兒子，她一定會非常傷心。但另一方面，伯特會成為英雄，和他的爸爸一樣！

伯特一邊想著復仇與榮耀，一邊將那兩枚勳章放回壁爐架上，不料那枚小勳章從他的指縫間滑出去並滾到床底下。伯特趴下去撿，但是搆不到，他只好爬進床底下，終於在積滿灰塵的最角落上發現它，它的旁邊還有一個尖尖的東西，似乎已經在那裡很長一段時間了，因為它上面有蜘蛛網。

伯特把金牌和那個尖尖的東西一起從床底下拉出來，然後他滿身灰塵地坐起來，細看這個不知道是什麼的東西。

在他的燭光下，他看到一隻小小的、雕刻得十分精緻的伊卡伯格腳。那是很久以前多夫泰先生刻的玩具的最後一小塊殘片。伯特以為他早已把這個玩具的每一塊碎片都燒掉了，但這隻腳一定是在他用火鉗砸它時噴到他的床底下。

當他打算把這隻腳扔進他臥室內的壁爐時，伯特又突然改變了主意，開始更加仔細地研究它。

# 41 比米希太太的計畫

「媽媽。」伯特說。

比米希太太坐在廚房桌邊，正在為伯特的一件毛線衣織補破洞，偶爾停下來擦眼淚。伊卡伯格攻擊泡芙城近郊的消息，讓她又想起了丈夫比米希少校遇害的痛苦記憶。她想起那天晚上她在王宮的藍廳裡，親吻她可憐的丈夫那隻冰冷的手，他遺體的其他部分，全都被豐饒角的國旗蓋住。

「媽媽，妳看。」伯特用一種怪怪的聲音說，將他在床底下發現的那個帶爪子的木雕小腳放在她面前。

比米希太太拿起來，她戴著在燭光下做針線時戴的眼鏡，仔細打量著。

「哎呀，這不是你以前那個小玩具的腳嗎？」伯特的媽媽說，「你的伊卡……」

比米希太太沒有把話說完，兩眼依舊注視著這個木雕小腳。她想起白天稍早她和伯特在那個失蹤的老太太住家周圍的泥地上看到的可怕腳印。儘管那些腳印比這個要大上許多、許多倍，但腳印的形狀卻和這隻小小的腳爪一模一樣。腳趾的角度、鱗片和長長的爪子，完全相同。

有好幾分鐘的時間，當比米希太太用顫抖的手指將這隻小木腳翻來覆去研究時，房間內唯一可以聽到的是燭芯發出的嗶啵聲。

她的心中彷彿有一扇門忽然打開了。很長時間以來，她一直把那扇門關著，封得死死的。自從她的丈夫去世後，比米希太太一直拒絕承認她對伊卡伯格有任何懷疑或疑問。她對國王忠心耿耿，對史必唾勳爵充滿信任，她相信那些聲稱伊卡伯格不存在的人都是叛徒。

但此刻，她曾經試圖排除的所有不安的記憶，又如潮水般湧上心頭。她想起她對洗碗女僕說了多夫泰先生那些有關伊卡伯格的叛逆言論後，轉頭就發現僕役坎克比鬼鬼祟祟地躲在暗處偷聽；她想起在那之後不久，多夫泰先生就失蹤了；她想起那個跳繩的小女孩身上穿著黛西．多夫泰的一件舊衣裳，以及小女孩宣稱她的哥哥也在同一天得到一個溜溜球。她想到她的表哥哈洛德在挨餓，以及她和所有鄰居都注意到，過去幾個月來都沒有收到來自北方的郵件的奇怪現象。她還想起艾絲蘭妲小姐的突然失蹤，許多人都對此感到困惑。這些記憶，以及其他林林總總百來件奇怪的事，都在比米希太太凝視這隻小木腳的同時疊加在一起，形成一個遠比伊卡伯格更令她感到恐懼的可怕輪廓。她問自己，她的丈夫到底在沼澤地出了什麼事？為什麼不准她看他覆蓋在國旗底下的遺體？可怕的念頭一個又一個接踵而來，比米希太太轉頭看她的兒子，在他臉上也看到了自己的懷疑。

「國王不可能知道，」她喃喃自語，「他不可能知道，他是個好人。」

即使她相信的其他一切都可能是錯誤的，她也無法放棄對國王的信任，她堅信勇敢的弗瑞德國王是善良的，他一向對她和伯特都那麼和藹可親。

比米希太太站起來，手中緊緊握著那隻小木腳，放下她織補一半的毛衣。

「我要去見國王。」她說，伯特從沒在她臉上見到這麼堅決的神情。

「現在？」他問，望著外面黑漆漆一片。

「就是今晚，」比米希太太說，「等那兩位勳爵不在他身邊的時候。他會接見我，他一直都很喜歡我。」

「我也去。」伯特說，因為他有種不祥的預感。

「不，」比米希太太說。她走向她的兒子，一隻手擱在他的肩膀上，直直望著他的眼睛。「聽我說，伯特，如果我一個小時之內沒有從王宮回來，你必須離開泡芙城，往北方走，去酒香城找哈洛德表哥，把所有的一切都告訴他。」

「可是——」伯特說，忽然害怕起來。

「答應我，如果我沒有在一個小時之內回來，你會離開。」比米希太太嚴厲地說。

「我……我會，」伯特說，但這個稍早才幻想無論他的媽媽會多麼難過，他都願意勇敢犧牲的少年，此刻忽然心生恐懼。「媽媽——」

她快速摟了他一下，「你是個聰明的孩子，永遠不要忘記，你是軍人和糕點主廚的兒子。」比米希太太快步走到門口，穿上鞋子，她最後朝伯特微笑了一下，便悄悄走進夜色中。

42

# 躲在窗簾後面

比米希太太從王宮庭院進入廚房時，裡面黑漆漆一片，一個人也沒有。她踮著腳尖走路，一邊觀察各個角落，因為她知道僕役坎克比喜歡偷偷摸摸地躲在暗處。比米希太太緩慢而謹慎地走向國王的私人寢宮。她的手中緊緊握著那隻小木腳，尖銳的爪子戳著她的手掌心。

終於，她來到通往弗瑞德國王寢宮的紅地毯長廊。現在她可以聽到門的後面傳出笑聲。比米希太太猜對了，弗瑞德沒有被告知伊卡伯格已攻到泡芙城郊外，因為她確信，如果他已經知道這件事，他不會笑得那麼大聲。不過，這也顯示此刻有人和國王在一起，但她想單獨見弗瑞德。當她站在那裡猶豫著該怎麼做最好時，前方的門忽然打開。

比米希太太嚇一跳，立刻躲到一片天鵝絨長窗簾後面，並盡量阻止窗簾搖動。史必唾和弗拉捧一邊笑著和國王開玩笑，一邊向他道晚安。

「太好笑了，陛下，我都快笑破肚子了。」弗拉捧哈哈大笑說。

「我們應該為您改名叫『風趣的弗瑞德國王』才對，陛下！」史必唾笑著說。

比米希太太屏住呼吸，用力縮進她的小腹。她聽到弗瑞德的寢宮門關上的聲音後，兩位勳爵立刻停止笑聲。

「真是白癡。」弗拉捧低聲說。
「我見過有的美酪城的起司都比他聰明。」史必唾喃喃地說。
「就不能輪流一下，明天由你去逗他開心？」弗拉捧抱怨地說。
「我明天得和收稅員一直忙到三點。」史必唾說，「但是如果——」
兩位勳爵忽然停止交談，腳步聲也停下來了。比米希太太仍然屏住呼吸。她閉上眼睛，祈禱他們不會注意到窗簾上有一塊凸起的地方。
「晚安，史必唾。」弗拉捧的聲音說。
「好的，晚安，弗拉捧。」史必唾說。
比米希太太輕輕呼出一口氣，一顆心跳得飛快。沒事了，兩位勳爵回去睡覺了……可是她沒有聽到腳步聲……
接著，她還來不及吸氣，窗簾就突然被拉開了。她還沒來得及出聲，弗拉捧的一隻大手已經捂住她的嘴，史必唾抓住她的兩隻手腕。兩位勳爵將比米希太太從她藏身的地方拖出來，將她拖到最近的樓梯走下去。她雖然奮力掙扎，試圖大叫，但弗拉捧肥厚的大手使她無法發出聲音，她也無法掙脫她的手腕。最後，他們將她拖進她最後一次親吻她丈夫手的藍廳內。
「不要叫，」史必唾警告她，從他身上拔出一支匕首。即便在王宮內，他也隨身帶著它。「否則國王將需要換一個新的糕點主廚。」
他示意弗拉捧將他的手從比米希太太的嘴巴上移開，她第一件事就是大口吸氣，因為她覺得她快昏倒了。
「妳躲在窗簾後面，窗簾鼓起了一大塊，廚師，」史必唾嘲笑她，「廚房已經關閉，妳躲在那裡做什麼？離國王那麼近？」

當然，比米希太太大可編一個可笑的謊言，她可以假裝她要去問弗瑞德國王明天想讓她做什麼蛋糕，但她知道兩位勳爵不會相信。於是她伸出她那隻緊握著伊卡伯格腳的手，然後張開她的手指。

「我知道，」她低聲說，「你們在幹什麼。」

兩位勳爵靠過去注視她的手掌，以及那個精美的、黑腳兵在用的大腳的小複製品。史必唾與弗拉捧先是互相對看，然後兩人同時望著比米希太太。當她看到他們臉上的表情時，心中只有一個念頭：**跑，伯特——快跑！**

43

# 伯特與城門守衛

伯特看著時鐘的分針一圈圈地走，桌上的蠟燭慢慢地越燒越短。他告訴自己，媽媽一定很快就會回家。她隨時都會走進來，拿起織補一半的毛衣，彷彿她不曾將它放下似的，然後將她與國王見面的情況一五一十告訴他。

後來，分針似乎越走越快了，伯特願意做任何事情，只要能讓它放慢速度。四分鐘、三分鐘，然後剩下兩分鐘。

伯特站起來，走到窗口，望著左右兩邊黑漆漆的馬路，到處都沒有見到媽媽回家的跡象。但是，慢點！他的心跳加速：他看到路口轉角處有動靜了！有那麼狂喜的幾秒鐘，伯特確信他馬上就會看到比米希太太走進那片月光，一旦她發現他正在窗口焦急地等待時，她會立刻對他微笑。

緊接著，他的心又像一塊磚頭似地沉入他的胃。走過來的不是比米希太太，而是羅奇少校，陪著他的還有四個壯碩的伊卡伯格防衛隊士兵，每個人手上都拿著火把。

伯特迅速離開窗口，抓起桌上的毛線衣，衝進他的房間。他拿起他的鞋子和他爸爸的勳章，用力將臥室的窗戶打開，爬出去，再從外面輕輕地關上窗戶。他剛在菜園上站定，就聽到羅奇少校用力捶打前門，接著一個粗暴的聲音說：「我去後面檢查。」

伯特爬到一排甜菜根後面臥倒在地上，抓了一把泥土塗在他淺金色的頭髮上，然後靜靜地躺在黑暗中。

透過半閉的眼皮，他看到搖曳的火光，一名士兵高舉他的火把，希望能看到伯特從其他人家的花園跑過去。甜菜根的葉子在泥地上投下長長的、搖曳的陰影，因此那個士兵沒有注意到藏匿在甜菜葉後面的伯特。

「他沒有從這邊逃走。」那名士兵大聲說。

伯特聽到撞擊聲，知道羅奇已撞開前門。他聽到士兵們打開碗櫥，接著打開衣櫥的聲音。伯特仍然躺在地上不動，因為透過緊閉的眼皮他仍然可以感覺到火把的亮光。

「也許他早在他媽媽去王宮之前就離開了？」

「我們一定要找到他。」羅奇少校熟悉的聲音咆哮著說，「他是伊卡伯格第一個受害者的兒子，如果伯特．比米希跟大家說那個怪物是編出來的，人們肯定會相信。把消息傳出去，每個地方都要搜索，他不可能走遠，如果你們逮到他，」羅奇說，當他的手下走過木地板發出沉重的腳步聲時，「殺了他。我們稍後再來編故事。」

伯特完全躺平不動，聽他們在街上跑動的聲音，然後他的腦子裡有個冷靜的聲音說：**走**。

他將爸爸的勳章掛在脖子上，穿上補了一半的毛衣，抓起鞋子，開始在地上爬，一直爬到鄰居的圍籬邊。他在圍籬底下挖出一條坑道爬出去。他一直爬，直到抵達一條鵝卵石街道。他仍然可以聽到士兵們的叫聲在夜色中迴盪。他們挨家挨戶敲門，要求進去搜查，質問人們是否看見糕點主廚的兒子伯特．比米希，他聽到自己被形容成危險的叛徒。

伯特又抓起一把泥土抹在他的臉上，然後站起來，身子蹲得低低的，快步衝到馬路對面一處黑暗的門口。一名士兵跑過去，但伯特現在全身都是泥巴，又緊貼著黑暗的門洞，將自己掩護得很好，所以那個人沒有發現。當那些士兵都離開後，伯特光著腳，從一個門洞移到另一個門洞，手上拎著他的鞋子，躲在黑暗的凹處，就這樣慢慢挨近城中城的城門。然而，當他接近時，他發現一名衛兵在看守城門。伯特還來不及想出計畫，就不得不又躲到一尊理查國王的塑像後面，因為羅奇和另一名士兵正朝這個方向走過來。

「你有看到伯特．比米希嗎？」他們大聲問守衛。

「什麼，糕點主廚的兒子嗎？」那個人問道。

羅奇抓起那個人的制服前襟，像獵犬搖晃一隻兔子般地搖晃他。「當然是糕點主廚的兒子！你讓他從這些門逃出去了嗎？告訴我！」

「沒有，我沒有，」守衛說，「那個孩子做了什麼事，你們這麼多人在追他？」

「他是個叛徒！」羅奇咆哮著說，「誰要是協助他，我會親自把他斃了，明白嗎？」

「明白。」守衛說。羅奇放開那個人，和他的同夥又跑走了。他們的火把在周圍的牆壁上投下一圈圈搖曳的光影，直到他們又再度消失在黑暗中。

伯特看到守衛整理一下他身上的制服，然後搖搖頭。伯特猶豫了一下，知道這可能使他喪命，但他還是從藏身的地方爬出來。他因為用泥土把自己偽裝得很好，以致守衛沒有發現身邊多了一個人，直到他在月光下看見伯特的眼白，嚇一大跳叫了一聲。

「求求您，」伯特低聲說，「求求您……不要舉發我。我必須離開這裡。」

他從毛衣底下拉出他爸爸那面沉重的銀牌，擦去上面的泥土，然後給守衛看。

「我給您這個——這是純銀的！——如果您讓我出去，而且不要告訴任何人您曾經見到我，我不是叛徒，」伯特說，「我沒有背叛任何人，我發誓。」

守衛是個老人，臉上蓄著僵硬的灰色翹鬍子，他看著全身覆蓋泥土的伯特，一會兒後說：「你留著你的動章吧，孩子。」

他將城門打開一條小縫，剛好夠伯特鑽出去。

「謝謝您！」伯特驚訝地說。

「走小路，」守衛建議，「別相信任何人，祝你好運。」

〈讀書的艾絲蘭妲小姐〉
王彤婕/14歲/台灣高雄

# 44

# 比米希太太的反擊

伯特溜出城門時，比米希太太正被史必唾勳爵押進地牢的一間牢房。附近一個沙啞、尖細的嗓音隨著鐵鎚敲擊的起落聲唱著國歌。

「安靜！」史必唾對著牆壁大吼。歌聲停止了。

「等我刻好這隻腳，大人，」那個沙啞的聲音說，「您會讓我出去見我的女兒嗎？」

「會的，會的，你會見到你的女兒，」史必唾一邊大聲回應，一邊翻白眼，「現在，你安靜點，我要和你的鄰居說話！」

「在您開始說話之前，大人，」比米希太太說，「我有幾件事要告訴**您**。」

史必唾和弗拉捧望著這個胖乎乎的小女人。任何一個被他們關進地牢的人，都沒有她這麼驕傲呢，她似乎不在乎自己被扔進這個潮濕、冰冷的地方。史必唾想起艾絲蘭妲小姐，她至今仍被囚禁在他的圖書室內，仍然拒絕嫁給他。他怎麼也沒想到一個廚子可能和宮廷的貴族小姐一樣高傲。

「首先，」比米希太太說，「如果您殺了我，國王一定會知道。他會發現他的糕點不是我做的，他吃得出來。」

「這倒是真的，」史必唾說，露出殘酷無情的微笑，「不過，國王會相信妳已經被伊卡伯格殺害，他只好慢慢適應不同口味的糕點，不是嗎？」

「我的房子位在王宮圍牆的影子底下，」比米希太太繼續說道，「你不可能在偽裝伊卡伯格攻擊的情況下，居然沒有吵醒一百個目擊者。」

「這容易解決，」史必唾說，「我們會說妳太愚蠢，夜裡一個人在漕河邊散步，伊卡伯格剛好去喝水。」

「這也許會奏效，」比米希太太說，不假思索地編了個謊言，「如果我沒有預先留下一些指示的話。一旦我被伊卡伯格殺害的消息傳出去後，這些指示立刻就會被執行。」

「什麼指示？妳指示了誰？」弗拉捧說。

「我敢說，一定是她的兒子。」史必唾說，「不過，他很快就會在我們的掌握中。記下來，弗拉捧──等我們殺了她的兒子之後，我們才殺廚子。」

「還有，」比米希太太說，假裝她沒有對伯特可能落入史必唾手中的念頭產生戰慄的恐懼。「您最好把這間牢房充分裝備一下，蓋個爐灶，並且把我平常使用的器具都帶過來，這樣我才能持續為國王製作蛋糕。」

「好……有何不可？」史必唾徐徐說道，「我們都喜歡吃妳的糕點，比米希太太，妳可以繼續為國王烘焙糕點，直到妳的兒子被捕。」

「好，」比米希太太說，「但我還需要助手。我建議由我來訓練幾個囚犯，他們至少可以幫忙打蛋白和排列烤盤。」

「這樣的話，您就必須讓這些可憐的傢伙多吃一點。剛才您押我來的途中，我注意到他們有幾個看起來瘦得像骷髏，我不能讓他們因為飢餓而吃掉我所有的食材。」

「最後，」比米希太太說著，瞥一眼她的牢房，「我還需要一張舒適的床和一些乾淨的毛毯。我需要有足夠的睡眠才能做出符合國王要求的高品質蛋糕。而且他的生日也快到了，他會期待一些特別的東西。」

史必唾望著這個令人驚訝的俘虜，一會兒後他說：

「妳和妳的孩子都快死了，夫人，妳難道不害怕嗎？」

「喔，如果你在烹飪學校上過課，你就會知道，」比米希太太說，聳聳肩，「蛋糕頂層烤焦了，或者底層太濕，對我們來說是常有的事。遇到這種狀況，捲起你的袖子做點別的就是了，沒有必要為解決不了的事唉聲嘆氣！」

史必唾想不出什麼更好的理由來駁斥她，只好對弗拉捧招招手，兩人一起離開牢房。鐵門在他們身後哐啷關上。

他們一離開，比米希太太立即停止假裝勇敢，重重地坐在床上。這張床是這間牢房內的唯一家具。她渾身顫抖了好一會兒，擔心自己會變得歇斯底里。

然而，在一個擁有世上最優秀的糕餅師傅的城市內，一個女人如果沒有能力管理好她自己的情緒，是不可能被提拔成為國王的主廚的。比米希太太做了一個深呼吸讓自己的情緒穩定下來，這時她又聽到隔壁再度傳出唱國歌的尖細嗓音。她將她的耳朵貼在牆壁上，開始聽聲音是從哪個地方傳進她的牢房。最後，她發現靠近天花板的地方有一道裂縫。於是她站在她的床上，輕輕喊：

「丹？丹尼爾．多夫泰？我知道是你。我是柏莎，柏莎．比米希！」

但那個破嗓子仍持續唱歌。比米希太太沉痛地坐回床上，雙臂環抱自己，閉上眼睛，她懷著酸楚的心祈禱著，無論伯特此刻在什麼地方，希望他平安無事。

## 45

# 伯特抵達酒香城

起初，伯特並不知道，史必唾動爵已對整個豐饒角國發出捉拿他的通告。他聽從城門守衛的忠告，一直走鄉間小路和暗巷。他從未去過像酒香城這樣遙遠的地方，但他知道，只要跟著漕河走，他一定是在正確的方向上。

他頭髮亂糟糟的，鞋子裡滿是泥巴。他走過犁過的田園，睡在水溝裡。到了第三天晚上，當他偷偷進入美酪城想找點東西吃時，不料竟在一間起司商店的窗戶上第一次看到繪有他的畫像的**通緝**海報。幸好，畫像上的他是個白白淨淨、面帶微笑的年輕人，和他映照在深色玻璃上的那個骯髒的流浪漢倒影一點也不像。然而，忽然發現有人懸賞捉拿他的人頭——不論死活，都可獲得一百枚金幣的賞金時，仍然讓他感到震驚。

伯特匆匆穿過黑暗的小巷，看到的淨是骨瘦如柴的狗和用木板封起來的窗戶。有一、兩次，他還遇到其他全身髒兮兮、衣衫襤褸的人也在垃圾桶內尋找食物。最後，他終於找到一塊硬邦邦又有點發霉的起司，在別人沒有拿走之前先搶到手。他從一間廢棄的起司工廠後面的桶子裡舀了一點雨水喝後，就匆匆忙忙離開美酪城，又回到鄉間小路。

伯特一邊走著，一邊忍不住掛念他的媽媽。**他們不會殺她**，他一遍又一遍告訴自己，**他們絕對不會殺她，她是國王**

**最喜愛的僕人，他們不敢**。他不得不阻擋媽媽可能會死的念頭，因為如果他認為她已經死了，他知道他可能沒有力量從下一個他睡覺的水溝中爬出來了。

伯特的腳很快就起了水泡，因為他為了避開其他人走了許多路。第二天晚上，他從一座果園偷了剩下的最後兩顆爛蘋果。又過了一個晚上，他從別人家的垃圾桶找到一副雞骨架，把沾在骨頭上的最後一點點肉啃光。等到他看見深灰色的酒香城輪廓出現在地平線上時，他已不得不從一間鐵匠鋪的院子偷了一條繩子當作腰帶，因為他的體重減輕太多，褲腰變鬆，褲子快掉下來了。

儘管路途艱險，伯特告訴自己，如果能找到哈洛德表舅，一切都會好轉：他會把所有煩惱全都放在大人的腳下，哈洛德會解決一切問題。伯特躲在城牆外面，等到天黑才一瘸一拐地進入這座釀酒城市，前往哈洛德的酒館，他腳上的水泡現在痛得要命。

酒館窗戶上沒有燈光，伯特走近時才明白為什麼。所有的門窗都釘上了木板，酒館已經歇業，哈洛德和他的家人似乎已經離開了。

「請問，」絕望的伯特問一個路過的婦人，「妳能告訴我哈洛德在哪裡嗎？哈洛德，他以前是這家酒館的老闆。」

「哈洛德？」婦人說，「喔，他一個星期前去南方了，他有親戚住在泡芙城，他希望在王宮找到一個工作。」

伯特目瞪口呆地看著那名婦人走進黑夜裡。一陣冰涼的風吹來，他從眼角餘光瞥見附近一根燈柱上也貼著一張捉拿他的**通緝**海報，正在風中簌簌飄動。筋疲力竭的他不知道下一步該怎麼辦，只能想像他坐在這冰冷的台階上，等待士兵來抓他。

就在這個時候，他感到有一把劍頂著他的背部，然後一個聲音在他耳邊說：

「**逮到你了**。」

46

# 羅得理．羅奇的故事

你也許會想，伯特聽到這句話一定嚇壞了，但信不信由你，這個聲音讓他鬆了一口氣，因為他認得這個聲音。所以，他不但沒有舉起雙手，或者求他饒命，反而轉頭去看，發現那個人果然是羅得理．羅奇。

「你笑什麼？」羅得理瞪著伯特骯髒的臉，怒氣沖沖地說。

「我知道你不會刺我的，羅迪。」伯特平靜地說。

儘管拿劍的人是羅得理，但伯特看得出他比自己更害怕。全身簌簌發抖的羅得理只在睡衣上多加了一件外套，兩隻腳上包著血跡斑斑的破布。

「你就這樣從泡芙城一路走過來？」伯特問。

「不關你的事！」羅得理兇巴巴地說，儘管他的牙齒在打顫，「我要帶你走，比米希，你這個叛徒！」

「不，你不會。」伯特說，然後他一把拿走羅得理手上的劍。羅得理終於忍不住哭了出來。

「好了，好了。」伯特溫和地說，伸手摟著羅得理的肩膀，帶他走進一條小巷，遠離那張簌簌飄動的**通緝**海報。

「把手拿開，」羅得理一邊抽泣，一邊甩掉伯特的手臂，「放開我！這都是你的錯！」

「什麼是我的錯？」當他們走到幾個裝滿空酒瓶的垃圾桶旁邊停下來時，伯特問。

「你從我爸爸手上逃走了！」羅得理說，用他的袖子擦眼淚。

「那是當然的啦，」伯特理所當然地說，「他要殺我。」

「可是現——現在**他**被——被殺死了！」羅得理嗚咽地說。

「羅奇少校死了？」伯特吃了一驚說，「為什麼？」

「史必——史必唾，」羅得理一邊抽泣一邊說，「他帶——帶著士兵到——到我們家——到處找不到你。他很氣爸爸沒有抓到你——他就拿起一個士兵的槍——然後他……」

羅得理坐在其中一個垃圾桶上哭泣，一陣冰冷的風吹進巷子裡。伯特心想，這顯示史必唾是一個多麼危險的人，如果他連對他忠心耿耿的皇家衛隊隊長都能射殺，那麼沒有一個人是安全的。

「你怎麼知道我來酒香城？」伯特問。

「宮——宮裡的坎克比告訴我的，我給他五枚金幣。他記得你的媽媽說過，你的表舅擁有一間酒館。」

「你想坎克比告訴了多少人？」伯特問，現在他有點擔心了。

「很多人吧，也許，」羅得理說，用他的睡衣袖子擦臉，「他會為了金子出賣任何人。」

「真諷刺，虧你說得出口，」伯特生氣地說，「你剛才還打算為一百枚金幣出賣我呢！」

「我——我不要金——金子，」羅得理說，「那是為了我的媽媽和幾個弟弟，我想，如果我把你交出去，或許可以把——把他們救出來。史必唾把——把他們抓走了，我是從我的臥室窗戶逃出來的，所以我才穿著睡衣。」

「我也是從我的臥室窗戶逃走的，」伯特說，「但至少我還知道要帶一雙鞋子。好了，我們最好離開這裡。」他說，拉羅得理站起來，「我們想辦法在路上偷幾雙晾在洗衣繩上的襪子給你穿。」

但他們走不到兩步路，一個男人的聲音就在他們背後說道：

「雙手舉起來！你們兩個跟我走！」

兩名少年舉起他們的雙手，並且轉身。一個看起來骯髒、卑鄙的人從暗處出來，手上的來福槍指著他們。他沒有穿制服，伯特和羅得理也不認識他，但黛西．多夫泰會告訴他們這個人是誰。他是霸凌約翰，咕噥大媽的副手，他現在已經長成大人了。

霸凌約翰向前走了幾步，瞇著眼睛輪流打量他們，「很好，」他說，「你們兩個可以，把劍給我。」

來福槍指著他的胸口，伯特毫無選擇的餘地，只好把劍遞給他。但他不像以前那麼恐懼了，因為伯特——無論弗拉捧如何說他——事實上是個非常聰明的男孩。眼前這個看起來髒兮兮的人似乎並不知道他剛剛逮到一個值一百枚金幣的逃犯，他似乎只是**隨便**找兩個男孩，雖然伯特無法想像是什麼原因。相反地，羅得理卻嚇得臉色發白。他知道史必唾在每一座城市都安插了密探，以為他們兩人會被交給首席顧問，這麼一來，他，羅得理．羅奇，將會因為與叛徒勾結而被判處死刑。

「走。」那個鈍頭鈍腦的人說，用他的槍指示他們離開巷子。在槍口指著背上的情況下，伯特和羅得理不得不穿過酒香城黑暗的大街小巷，直到最後抵達咕噥大媽的孤兒院大門前。

47

# 地牢裡

當王宮廚房的工作人員從史必唾勳爵那裡得知，比米希太太認為她比他們重要得多，因此要求擁有她自己的單獨廚房時，他們都非常驚訝。事實上，有些人已經感到懷疑，因為他們認識她這麼多年來，比米希太太從來不曾表現出高傲的樣子。但因她的蛋糕和甜點仍然經常出現在國王的餐桌上，所以他們知道，無論她現在在什麼地方，她仍活著。而且這些僕人和他們的許多同胞一樣，認為不要提出任何質疑，才是最安全的做法。

同時，王宮地牢內已徹底變了個樣。比米希太太的牢房內多了一台爐灶，她的鍋碗瓢盆也已經從廚房搬過來。附近牢房的囚犯們都接受訓練，協助她做各種不同的工作，製作她最拿手的像羽毛那麼輕柔的糕點。她要求給囚犯們加倍糧食配給（確保他們夠強壯，有力氣攪拌、和麵、稱重、篩麵粉和倒麵粉），還要來一個捕鼠器清除害蟲，外加一個僕人在各個牢房之間跑來跑去，將不同的用具遞到鐵柵裡面。

爐灶散發出來的熱氣烘乾了潮濕的牆壁，芳香的美味取代了霉味和潮濕的水氣。比米希太太堅持每個囚犯都要嚐一嚐做好的蛋糕，這樣他們才會知道他們辛勞的成果如何。漸漸地，地牢開始成為一個活絡，甚至充滿歡樂的地方。比米希太太沒有來以前那些瘦弱飢餓的囚犯，現在都漸漸胖起來。比米希太太用這種方式讓自己保持忙碌，試著分散一點她對伯特的憂慮。

當其他囚犯都在幫忙製作糕餅時，多夫泰先生仍然持續在隔壁牢房唱國歌和雕刻巨大的伊卡伯格腳。比米希太太沒有來以前，他的歌聲和乒乒乓乓敲木頭的聲音讓其他囚犯都很生氣，但現在她鼓勵大家和他一起合唱。所有囚犯一起唱國歌的聲音蓋過了他的鐵鎚與鑿子毫不間斷的噪音。最精采的是，史必唾跑到地牢叫他們不要這麼吵鬧時，比米希太太竟然很無辜地對他說，禁止人家唱國歌，不就是叛國罪嗎？史必唾聽了啞口無言，所有囚犯都哈哈大笑。最令比米希太太欣喜若狂的是，她覺得她似乎聽到從隔壁牢房傳出微弱的笑聲。

比米希太太對瘋狂也許不很了解，但她知道如何挽救看似壞掉的東西，例如：凝結的醬汁，以及塌下去的舒芙蕾。她相信多夫泰先生破碎的心還能修補——如果能讓他了解他並不孤單，並且讓他想起他是誰的話。因此，有時比米希太太會建議大家唱國歌以外的歌曲，試著將多夫泰先生可憐的腦筋轉個方向，或許可以讓他找回自己。

終於，她又驚又喜地聽到多夫泰先生跟著大家一起唱伊卡伯格飲酒歌了。早在人們認為伊卡伯格是真的以前，這首歌曾經非常流行。

「一瓶酒下肚，伊卡伯格是個謊言，兩瓶酒下肚，我聽見牠輕輕叫，三瓶酒下肚，我看見牠悄悄跑，伊卡伯格來了，臨死前我們再喝一瓶！」

比米希太太放下剛從爐灶取出的蛋糕，跳到床上，從牆壁上的裂縫對隔壁輕聲說話。

「丹尼爾．多夫泰，我聽到你在唱那首愚蠢的歌了。我是柏莎．比米希，你的老朋友。你還記得我嗎？很久以前，我們的孩子還小的時候，我們經常一起唱這首歌，我的伯特，你的黛西，你還記得嗎，丹？」

她等他回答，過了一會兒，她覺得她似乎聽到啜泣聲。

你也許會感到奇怪，但比米希太太聽到多夫泰先生哭泣的聲音卻很高興，因為眼淚和笑聲一樣，可以治癒人心。

於是那天晚上，以及後來的許多個晚上，比米希太太從牆上的裂縫對多夫泰先生小聲說話。不久之後，多夫泰先生也開始回話了。比米希太太告訴多夫泰先生，她非常抱歉她把他說的有關伊卡伯格的話告訴了廚房女僕。多夫泰先生則告訴她，他事後也很懊悔對她說比米希少校說不定是從馬背上摔下來。兩人都向對方保證，他們的孩子仍然活著，因為他們必須相信孩子們仍然活著，否則他們會活不下去。

現在冰凍的寒氣從地牢高處的鐵柵小窗透進來了，囚犯們都意識到嚴寒的冬天正逐漸接近，但地牢已成為一處充滿希望與療癒的地方。比米希太太要來更多的毛毯給她的所有助手，並且讓她的爐灶整夜燃燒。她決心讓他們都活下去。

〈伊卡伯格〉

陳宥瑜/14歲/台灣彰化

48

# 伯特與黛西相認

咕噥大媽的孤兒院也感受到冬天的寒氣了。身上穿的是破爛衣裳、三餐只喝蔬菜湯的孩子，不可能像吃得飽、穿得暖的孩子一樣容易捱過咳嗽與感冒。孤兒院後面的小墓園陸陸續續埋了許多缺乏食物、溫暖與愛的約翰與珍妮。儘管其他的孩子哀悼他們，但他們被埋葬時沒人知道他們的真實姓名。

孩子們突然紛紛死亡，使咕噥大媽指示霸凌約翰到酒香城街上盡可能找回更多無家可歸的孩子，好讓她的孤兒院維持一定的人數。調查員一年會去視察孤兒院三次，確認她沒有謊報她所照顧的兒童人數。如果可以的話，咕噥大媽喜歡大一點的孩子，因為他們比小小孩更能吃苦耐勞。

咕噥大媽從每個小孩身上所撈到的金幣，現在已經使她在孤兒院內的私人房間成為豐饒角國最奢華的地方之一，裡面有熊熊燃燒的火爐和柔軟的天鵝絨扶手椅、厚厚的絲質地毯，和一張有柔軟毛毯的床。她的餐桌上永遠有最上等的食物和葡萄酒。男爵鎮的派和美酪城的起司被送進咕噥大媽的公寓時，飢餓的孩子們都能聞到天堂般的香氣。除了出來迎接調查員之外，咕噥大媽現在幾乎都不會離開她的房間，她讓霸凌約翰去管理那些孩子們。

新來的兩名少年抵達時，黛西．多夫泰很少去注意他們。他們和所有新來的孩子一樣，全身髒兮兮的，身上的衣服破破爛爛。而且黛西和瑪莎忙著照顧那些較小的孩子，盡可能讓他們活下去。她們會自己挨餓，但是讓小小孩有足夠的食物可吃。黛西常被霸凌約翰打得身上到處是瘀青，因為每當霸凌約翰要鞭打那些小小孩時，她經常擋在中間。如果說她對新來的兩個男孩有什麼想法，那就是她瞧不起他們沒有經過任何反抗就同意改名叫約翰。她不知道這正好合他們的意，最好沒有人知道他們的真實姓名。

伯特與羅得理抵達孤兒院一個星期之後，黛西和她最要好的朋友瑪莎為海蒂．霍普金斯的雙胞胎辦了一個秘密慶生會。許多小小孩都不知道他們的生日是哪一天，所以黛西會為他們挑選一個日子，而且如果有多出來的蔬菜湯的話，她一定會幫他們慶祝生日。她和瑪莎也常鼓勵那些小小孩記住他們自己的真實姓名，但她們也教導他們，在霸凌約翰面前要互相稱呼約翰與珍妮。

黛西為雙胞胎準備了一份特別的點心。她在幾天前從宅配給咕噥大媽的真正的泡芙城糕點中成功地偷走兩個，藏起來等雙胞胎過生日——雖然這些糕點的香氣使黛西忍不住流口水，而且很難抗拒吃掉它們。

「喔，太好吃了。」小女孩流著眼淚讚嘆。

「太好吃了。」她的弟弟也跟著說。

「這些糕點來自泡芙城，也就是我們的首都。」黛西告訴他們。她試著教導這些較小的孩子她從自己中輟的學校生活中記得的事物，並為他們描述他們沒見過的城市。瑪莎也喜歡聽有關美酪城、男爵鎮和泡芙城的事，因為除了沼澤地和咕噥大媽的孤兒院之外，她沒有住過別的地方。

雙胞胎剛吃掉糕點的最後一點碎屑時，霸凌約翰便闖入房間。黛西想把碟子藏起來，上面還有一點奶油的痕跡，但霸凌約翰已經發現了。

「妳，」他大吼，將手杖舉得高高的，「又偷東西了，醜八怪珍妮！」當他正要用手杖打她時，卻發現手杖忽然停在半空中不能動彈。原來是伯特聽到喊叫的聲音，過來看發生了什麼事。當他看到霸凌約翰正在將一個長得瘦瘦的、身上穿著縫了許多補釘的工作服的女孩逼到牆角時，伯特抓住了手杖不讓它落下去。

「你敢。」伯特對霸凌約翰低聲吼道。黛西第一次聽到這個新來的男孩有泡芙城的口音，但他的外表和她從前認識的伯特很不一樣，他的年齡大很多，那張臉也堅定得多，所以她沒有認出他。至於伯特，他記憶中的黛西是個橄欖色皮膚的小女孩，頭上有兩根棕色的辮子。他沒有想到他曾經認識這個兩眼炯炯有神的女孩。

霸凌約翰試圖從伯特手中奪回他的手杖，但羅得理過來幫忙伯特。他們有了一番短暫的爭奪，結果，在任何一個小孩的記憶中，霸凌約翰頭一次輸了。最後，他帶著嘴唇上的傷口發誓要報仇，然後離開房間。消息傳開來，孤兒院內人人都在竊竊私語，說那兩個新來的少年救了黛西和雙胞胎，而且霸凌約翰一臉蠢相地悄悄溜走了。

那天晚上，當所有孤兒院的孩子都上床睡覺後，伯特和黛西在樓梯口相遇，兩人短暫停下腳步，尷尬地彼此交談。

「非常謝謝你。」黛西說，「今天稍早。」

「不客氣，」伯特說，「他常常這樣嗎？」

「很常，」黛西說，聳聳肩。「但雙胞胎吃到糕點了，我很高興。」

伯特這時覺得他似乎在黛西的臉型上看到一點似曾相識的東西，又從她的聲音聽到一點泡芙城的口音。接著，他低頭注視黛西身上那件很舊很舊、洗了不知多少次的工作服。黛西在兩隻褲腳上各縫了一塊布增加它們的長度。

「妳叫什麼名字？」他問。

黛西看看四周，確定沒有人在偷聽。

「黛西，」她說，「但是霸淩約翰在旁邊的時候，你一定要記得叫我珍妮。」

「黛西，」伯特吃驚地說，「**黛西——是我！伯特．比米希！**」

黛西的嘴巴張得好大，兩人不由自主互相擁抱與哭泣，彷彿他們又變回小時候陽光燦爛的時候，他們一起在王宮庭園玩耍的日子。那時候黛西的媽媽還沒有去世，伯特的爸爸也還沒有遇害，豐饒角國似乎是世界上最幸福快樂的地方。

# 49

# 逃離咕噥大媽

孩子們通常會在咕噥大媽的孤兒院裡，一直住到她把他們趕出去為止。照顧成年男女是就不能領到黃金的，但她之所以讓霸凌約翰留下來是因為他有用處。因此，在這些孩子仍然可以讓咕噥大媽定期領到黃金時，她會把所有的門窗都牢牢地鎖好、拴緊，不讓他們逃出去。只有霸凌約翰身上有鑰匙，上一個企圖偷走鑰匙的男孩被霸凌約翰打得半死，好幾個月以後才恢復。

黛西和瑪莎都知道她們快要被趕出去了，但是她們比較不擔心自己，而是擔心那些較小的孩子有一天被趕出去後該怎麼辦。伯特和羅得理也知道，他們如果不是更早，大約也會在同時間被趕出去。他們都無法出去看印著伯特畫像的**通緝**海報是否仍貼在酒香城的街道上，但它們似乎不可能被取下。因此，四個人每天都戰戰兢兢，生怕咕噥大媽和霸凌約翰知道他們的屋簷下住著一個值一百枚金幣的逃犯。

同時，伯特、黛西、瑪莎和羅得理，每天晚上都會在其他孩子入睡之後聚在一起，分享他們的故事和他們對豐饒角國前途的憂慮。他們見面的地點是霸凌約翰絕不會進去的地方：廚房內存放卷心菜的大櫥櫃。

從小就愛嘲笑沼澤地人的羅得理，在他們第一次聚會時便嘲笑瑪莎的口音，但黛西板著臉告訴他不可以這樣，從此以後他就不再嘲笑她了。

他們躲在堆得像山一樣高的又硬又臭的卷心菜中間，四個人圍著一根蠟燭擠在一起，彷彿那是一個取暖的火堆。黛西告訴男生們她如何被綁架；伯特分享他擔心他的爸爸可能死於某種意外；羅得理告訴他們黑腳兵如何偽造城裡的攻擊事件，使人們持續相信那是伊卡伯格幹的。他還告訴他們郵件如何被攔截，兩位勳爵如何從國家偷走一車車的黃金，以及好幾百人被殺，或者，如果某些人有利用價值，史必唾會先將他們關在監獄裡。

然而，兩個男孩都隱瞞一些事情沒有說出來，我看還是讓我來告訴你吧。

這些年來，羅得理始終懷疑比米希少校是在沼澤地被意外射殺而死，但他沒有告訴伯特，因為他怕伯特會怪他沒有早點告訴他。

同時，伯特確信是多夫泰先生雕刻大腳供黑腳兵使用，但他沒有告訴黛西。原因是這樣的，他以為多夫泰先生一定在雕刻了那些大腳之後被殺了，所以他不敢讓黛西存有多夫泰先生仍然活著的不實希望。由於羅得理並不知道黑腳兵使用的那些大腳是誰雕刻的，因此黛西不知道她的爸爸也參與了這些攻擊事件。

「那麼，那些士兵呢？」他們第六天在大櫥櫃見面時黛西問，「伊卡伯格防衛隊和皇家衛隊呢？他們有加入嗎？」

「我想一定有，多少有一點。」羅得理說，「但只有最高階的人知道一切——兩位勳爵和我——和取代我爸爸的人。」說完，他有好一陣子沉默不語。

「士兵們在沼澤地待了那麼久，」伯特說，「一定知道沒有伊卡伯格這個東西。」

「可是，真的**有**伊卡伯格，」瑪莎說。羅迪沒有嘲笑她，不過，假如是在他剛認識她的時候，他可能會嘲笑她。黛西和往常一樣不理會瑪莎，但伯特好心地說：「在我了解一切真相之前，我是相信的。」

稍後，四個人說好第二天晚上再聚會後就各自去睡了。每個人都雄心萬丈，想要拯救國家，但他們總是一再回到現實問題，就是他們沒有武器。沒有武器他們就無法對抗史必唾和他的許多士兵。

然而，當第七天晚上兩個女生抵達櫥櫃時，伯特從她們臉上的表情知道壞事即將發生。

「麻煩來了，」瑪莎剛關上櫥櫃的門，黛西立即說，「我們昨天要去睡覺的時候，聽到咕噥大媽和霸凌約翰在交談，說有一個要來視察的調查員正在前往孤兒院的路上，明天下午就會抵達這裡。」

兩個男生你看我、我看你，都顯得非常擔心。他們最不希望的就是被外面的人認出他們是逃犯。

「我們必須離開，」伯特對羅得理說，「現在，今晚就走，一起走。我們可以從霸凌約翰那裡拿到鑰匙。」

「我加入。」羅得理握著拳頭說。

「瑪莎和我也跟你們一起走，」黛西說，「我們已經想了一個計畫。」

「什麼計畫？」伯特問。

「我說我們四個人往北走，到沼澤地士兵紮營的地方，」黛西說，「瑪莎知道路，她可以為我們帶路。等我們到了那裡，我們把羅得理告訴我們的話都告訴那些士兵——有關假冒伊卡伯格的事——」

「可是，牠是真的。」瑪莎說。但其他三個人都沒理她。

「——並且告訴他們有很多人被殺，以及史必唾和弗拉捧從國家偷走所有的黃金。

我們無法單獨對抗史必唾。一定會有**一些**好的士兵，他們會停止服從他的命令，幫助我們把國家奪回來！」

「計畫很好，」伯特說，「但我不認為妳們兩個女生應該一起來，這可能會很危險，羅得理和我去做就好了。」

「不，伯特，」黛西說，她的眼睛幾乎在燃燒，「有四個人，我們可以加倍說服更多士兵。請你不要爭辯，除非早一點改變情勢，否則在冬天結束之前，這個孤兒院裡的大部分孩子都會被埋進墳墓。」

「好吧，妳們最好把妳們床上的毯子也一起帶走，因為這將會是一段漫長而寒冷的道路，羅迪和我來對付霸凌約翰。」

於是伯特和羅得理偷偷進入霸凌約翰的房間，一場爭奪戰雖然短暫但是激烈，幸好咕噥大媽晚餐時喝了整整兩瓶酒醉得不省人事，否則乒乒乓乓的聲響和叫喊聲一定會把她吵醒。霸凌約翰被打得滿身是血、渾身是傷的躺在地上，羅得理順便偷走他的靴子，然後兩個男生把他鎖在他自己的房間內，急忙去和已經在前門旁邊等候的兩個女生會合。他們花了整整五分鐘，才打開所有的門栓，並鬆開所有的鐵鍊。

當他們把門打開時，迎面立刻吹來一陣冰冷的空氣。他們回頭再瞥一眼孤兒院，將破舊的毯子裹在身上，黛西、伯特、瑪莎和羅得理四個人便靜悄悄地走到街上，頂著剛剛飄下的雪花，朝著沼澤地的方向走去。

# 50

# 寒冬的旅程

在豐饒角國的歷史上，再也沒有比這四個年輕人徒步走向沼澤地的旅程更艱辛的了。

這是這個王國一百年來見過最嚴寒的冬天。等到黑色的酒香城輪廓消失在他們背後時，一片白茫茫的大雪已經使他們眼花撩亂了。他們單薄的、貼滿補靪的衣服和他們破舊的毯子，根本擋不住冰冷的空氣。寒氣彷彿又尖又細的狼牙，啃噬他們身上的每個部分。

如果不是瑪莎，他們一定找不到路，但她熟悉酒香城以北的地區，而且，儘管厚厚的積雪現在已經覆蓋了每一處地標，她仍然認得她以前爬過的老樹、永遠不變的奇形怪狀的岩石，以及過去一度是鄰居們擁有的搖搖欲墜的羊棚。即便如此，四個人越是往北邊走，越是懷疑他們會不會死在半路上，但他們都把這個疑慮藏在心底沒有說出來。他們都感覺到身體在發出懇求，懇求他們別再走了，找一個廢棄的穀倉，躺在冰冷的稻草堆裡，放棄一切吧。

到了第三天晚上，瑪莎知道他們快到了，因為她可以聞到那熟悉的沼澤淤泥和帶點鹹鹹的氣味。四個人於是又燃起一點希望：他們努力尋找任何駐軍營地的火把和營火的蛛絲馬跡，想像他們聽到有人在說話，並且從呼嘯的寒風中傳來馬轡的叮噹聲。他們不時看到遠處有東西在閃爍，或者聽到聲響，但後來發現那只是月光反射在一處冰凍的水坑上，或樹木在風雪中裂開的聲音。

終於，他們抵達了一大片有岩石、沼澤與沙沙作響的雜草的廣闊土地邊緣，這才發現一個士兵也沒有。

冬季的暴風雪使沼澤地的駐軍都撤退了。指揮官私底下認為沒有伊卡伯格，他不想為了滿足史必唾而害手下的人活活凍死。所以他下令全部駐軍都撤回南方。要不是積雪太厚覆蓋了所有蹤跡，伯特他們或許還能看到士兵們在五天前留下的腳印是往相反方向走的。

「看，」羅得理顫抖地指著，「他們**曾經**在這裡……」

一輛馬車被棄置在雪地中，因為它被卡住了不能動彈，士兵們又想迅速逃離暴風雪。四個人靠近馬車，看到食物——伯特、黛西和羅得理只有在夢中才能想到的食物，但瑪莎這輩子從未見過——一堆又一堆美酪城的起司、泡芙城的糕餅、男爵鎮的香腸和鹿肉餡餅，都是為了讓駐軍指揮官和他的士兵們高興而運來的，因為沼澤地區沒有食物。

伯特伸出凍得麻痺的手指想拿出一塊派，但食物上面結了一層厚厚的冰，他的手指從冰上滑落。

他無助地轉頭望著黛西、瑪莎和羅得理，他們的嘴唇現在都凍成藍色。沒有人開口說話。他們知道他們會凍死在伊卡伯格的沼澤邊緣，但他們不在乎了。黛西冷到只想永遠睡著。當她緩緩地倒在雪中時，她幾乎不再覺得更冷了。伯特彎身用雙手抱住她，但他也有很睏和奇怪的感覺。瑪莎靠在羅得理身上，他試著把她拉進他的毯子裡。四個人在馬車旁縮成一團，很快便失去知覺。當月亮升起時，雪仍繼續不停地落在他們身上。

然後，一個巨大的影子降落在他們身上，兩隻巨大的手臂——上面長滿綠色的長毛，看起來很像沼澤地的雜草——伸過來。彷彿他們是嬰兒般，伊卡伯格輕輕鬆鬆地將他們四個人抱起來，然後帶著他們朝沼澤地的深處走去。

〈沼澤怪出現〉
廖逸凡/11歲/台灣新北

51

# 洞穴內

幾個小時之後，黛西醒來了，但她沒有立即睜開眼睛。打從童年到現在，這些年來，她幾乎不記得自己曾經有過這麼舒服。小時候她總是窩在媽媽親手縫製的拼布棉被裡睡覺，每一個冬天的早晨醒來，她都會聽到柴火在她的壁爐內燃燒，發出劈劈啪啪的聲音。現在她就聽到柴火燃燒的劈啪聲，並且聞到鹿肉餡餅在烤爐上加熱的香氣，所以她知道她一定是夢見她和她的爸爸媽媽都在家。

但火柴燃燒的聲音和餡餅的香氣是如此真實，黛西突然想到，她不是在作夢，她可能是在天堂。她會不會已經凍死在沼澤邊了？她沒有移動身體，只是睜開眼睛，看到一堆正在燃燒的火，以及似乎是一個非常大的洞穴內粗糙原始的牆壁。這時她才發現，她和她的三個同伴都躺在一個巨大的窩巢內，這個大窩巢似乎是用沒有紡過的羊毛築成的。

火堆旁邊有一塊巨大的岩石，岩石上覆蓋著長長的棕綠色沼澤野草。黛西望著這塊岩石，直到她的眼睛適應了暗淡的光線，這才發現這塊有兩匹馬那麼高的大岩石也正在望著她。

雖然古老的故事中都說伊卡伯格的外表長得像龍，或像蛇，或者像食屍鬼，但黛西立刻知道眼前這個是真實的東西。她嚇得趕緊又閉上眼睛，將她的一隻手從那堆柔軟的羊毛底下伸過去，摸到其中一個同伴的背部，然後戳它一下。

「什麼？」伯特輕聲說。

「你看到牠了嗎？」黛西小聲說，仍然緊閉著眼睛。

「看到了，」伯特小聲說，「不要注視牠。」

「我沒有。」黛西說。

「我**早就告訴**你們有一個伊卡伯格。」瑪莎用恐懼的聲音悄悄說。

「我想牠在烤餡餅。」羅得理小聲說。

四個人都躺著不動，閉著眼睛，直到鹿肉餡餅的香氣撲鼻而來，使每一個人都幾乎忍不住想跳起來抓一個餡餅，也許仍來得及在伊卡伯格殺死他們之前狼吞虎嚥地吃它幾口。

接著他們聽到那個怪物在移動。牠粗厚的長毛發出沙沙的聲音，牠的腳踏著沉重的步伐。接著咚的一聲，彷彿那個怪物放下什麼沉重的東西。然後，一個低沉而洪亮的聲音說：

「吃吧。」

四個人都張開眼睛。

你可能會想，伊卡伯格會說他們的語言，這肯定讓他們極為震驚。但是當他們發現這個怪物是真實的，又發現牠不但會生火，還會烤鹿肉餡餅，他們已經非常震驚了，以致於幾乎都沒有去思考這一點。伊卡伯格把一個裝著餡餅的大木盤放在他們旁邊的地上時，他們才意識到牠一定是從士兵留下的馬車上拿了這些冰凍的食物回來給他們吃。

四個人動作緩慢而小心地移動身體坐起來，望著伊卡伯格那一對大而哀傷的眼睛。這對眼睛正透過牠那從頭蓋到腳、交纏在一起的又長又粗的綠色毛髮底下望著他們。伊卡伯格的體型大致上像人類，有個非常大的肚子，和巨大的、毛茸茸的手掌，每隻手掌上有一根尖銳的爪子。

「你想對我們怎樣？」伯特勇敢地發問。

伊卡伯格用牠低沉、洪亮的聲音回答：

「我要吃你們，但不是現在。」

說完，伊卡伯格轉身，拎起兩只用樹皮編織的籃子走到洞口，然後，彷彿猛然想到什麼似的，牠忽然又轉身面對他們，說：「吼。」

那其實不是真的吼叫，牠只是說了個「吼」字。四名青少年望著伊卡伯格，牠對他們眨眨眼，然後轉身走出洞穴，兩隻手掌各拎一個籃子。接著，一個和洞口一樣大的圓形巨石轟隆轟隆滾過來堵住洞口，把那幾個囚犯關在洞穴裡面。他們聽到伊卡伯格的腳步聲嘎扎嘎扎地走在雪地上，逐漸遠去了。

〈溫暖的室內，好香的餡餅，肚子好餓〉
張恩禔/7歲/台灣新北

# 52 蘑菇

在咕噥大媽的孤兒院裡吃了這麼多年的卷心菜湯後，黛西和瑪莎永遠不會忘記那些男爵鎮餡餅的美味。事實上，瑪莎才吃了第一口，眼淚就流下來了，並且說她從來都不知道食物也可以這麼好吃。在吃的當下，四個人都忘了伊卡伯格。吃完餡餅後，他們感覺勇氣增加了不少，於是站起來，藉著火光探索伊卡伯格的洞穴。

「看！」黛西說。她發現牆壁上的素描。一百個伊卡伯格被一群手拿長矛的火柴人追趕。

「看這個！」羅得理說，指著靠近洞口的一幅壁畫。

在伊卡伯格的火光下，四個人研究一幅只有一個伊卡伯格的圖案。這個伊卡伯格和一個簡筆的火柴人面對面，那個火柴人戴著一頂有羽毛的頭盔，手上拿著一把劍。

「那個人看起來像國王，」黛西小聲說，指著那個火柴人。「你們認為他那天晚上是不是真的看到伊卡伯格？」

其他人當然都無法回答這個問題，但是我可以。現在，就讓我來告訴你全部的真相吧，希望你不要因為我沒有早點告訴你而生氣。

弗瑞德**確實**在那一次沼澤地的濃霧中瞥見伊卡伯格——就是比米希少校被射殺的那個致命的夜晚。我還可以告訴你，第二天早上，那個以為他的狗被伊卡伯格吃掉的老牧羊人，聽到他的門外有狗在嗚咽和抓撓的聲音，他知道他忠心耿耿的老狗派奇回家了。這是當然的，因為史必唾砍斷了荊棘讓那隻狗脫困。

在你嚴厲指責老牧羊人沒有讓國王知道老派奇並沒有被伊卡伯格吃掉之前，你應該想到，他長途跋涉到泡芙城時身體已經非常虛弱。再說，弗瑞德國王也不會介意這件事，因為他已經在濃霧中看到伊卡伯格，任何事或任何人都無法說服他伊卡伯格不是真實的。

「我很納悶，」瑪莎說，「為什麼伊卡伯格沒有吃掉國王？」

「也許他真的和牠對抗，像人們敘述的那樣？」羅得理懷疑地說。

「你們知道，奇怪的是，」黛西說著，轉身打量伊卡伯格的洞穴，「這裡沒有看到任何骨頭，如果伊卡伯格會吃人的話。」

「牠一定連骨頭都吃下去了。」伯特說，他的聲音在顫抖。

現在黛西想起來了，他們一直以為比米希少校是在沼澤中意外死亡，這種想法一定是錯誤的。顯然，終究還是伊卡伯格殺死了他。她剛伸手要去握伯特的手，表示自己理解他的心情，知道他身處殺父兇手的窩裡感覺多麼可怕。但就在這時候，他們又再度聽到外面傳來沉重的腳步聲，知道那個怪物回來了。於是四個人急忙衝回那個柔軟的羊毛窩巢坐下來，假裝他們都沒有移動過。

伊卡伯格滾動大石頭時又發出轟隆隆的聲音，冰冷的風從洞口灌進來。外面仍在下大雪，伊卡伯格的全身毛髮覆蓋大量的雪花。牠的一只籃子裝了許多蘑菇和一些木柴，另一只籃子裝了一些冰凍的泡芙城糕餅。

在這幾個青少年的注視下，伊卡伯格又再度生火，並將那些冰凍的糕餅放在火堆旁邊的一塊石板上，讓冰慢慢融化。然後，伊卡伯格在黛西、伯特、瑪莎及羅得理的注視下開始吃蘑菇。牠吃蘑菇的方式很奇特。牠用每一個手掌上突出的一根尖爪，一次插上好幾個蘑菇，然後優雅地一顆接一顆放進牠的嘴裡咀嚼，那個模樣看起來似乎很享受。

一會兒之後，牠似乎才意識到四個人類都在注視牠。

「吼。」牠又說，然後不理會他們，直到牠吃完所有的蘑菇。接著，牠小心翼翼地將解凍後的泡芙城糕餅從那塊溫熱的石板上拿起來，放在牠巨大的、毛茸茸的手掌上遞給他們。

「牠想把我們餵胖一點！」瑪莎害怕地小聲說，但還是忍不住誘惑，拿了一個「浮華的幻想」。下一秒鐘，她便狂喜地閉上眼睛。

等伊卡伯格和四個人類都吃飽之後，伊卡伯格將牠的兩個籃子整齊地擺在角落，撥一撥火苗，然後移到洞口。外面仍持續下著雪，太陽開始下山了。隨著一個奇怪的聲音——如果你曾經聽過風笛袋充氣的聲音，就會覺得這聲音很熟悉——伊卡伯格吸一口氣，開始用一種人類無法了解的語言唱歌。當夜幕低垂時，歌聲飄蕩在沼澤上。四個青少年聽著、聽著，很快就覺得昏昏欲睡，於是一個接一個，他們又倒在羊毛窩裡，睡著了。

〈洞穴裡的晚餐〉
鄭允喬/12歲/台灣台北

# 53 神秘的怪物

黛西、伯特、瑪莎和羅得理，除了吃伊卡伯格從馬車上拿回來的冷凍食物，以及看著伊卡伯格餵牠自己吃蘑菇之外，其他什麼事也沒做。等他們終於鼓起勇氣做點別的時候，已經是好幾天以後的事了。每當伊卡伯格出去的時候（牠總是把那塊巨大的圓石滾到洞口，防止他們脫逃），他們就會討論牠的種種奇怪行為，但他們都小小聲地討論，以防牠躲在圓石的另一邊偷聽。

他們討論的一件事是：這個伊卡伯格是男是女。黛西、伯特和羅得理都認為牠一定是男生，因為牠的聲音洪亮而低沉。但瑪莎——她在她的家人餓死之前曾經放過羊——認為這個伊卡伯格是女生。

「牠的肚子越來越大，」她告訴他們，「我認為牠快要生寶寶了。」

孩子們討論的另一件事，當然，就是伊卡伯格可能在什麼時候吃他們，以及當牠要吃他們時，他們是否有能力對抗牠。

「我覺得我們還有一點時間。」伯特望著黛西和瑪莎說。她們在孤兒院住了很久，到現在仍然非常瘦。「妳們兩個還不夠牠吃一頓。」

「如果我可以繞到牠的脖子後面，」羅得理說，模擬那個動作，「然後伯特用力打牠的肚子——」

「我們永遠不可能制伏伊卡伯格，」黛西說，「牠可以移動跟牠一樣大的石頭，我們連強壯都談不上。」

「如果我們有武器就好了。」伯特說著，站起來，將一塊石頭踢到洞穴裡面。

「你們不會覺得很奇怪嗎，」黛西說，「我們都只看到伊卡伯格吃蘑菇？你們不覺得牠是在假裝牠很凶猛的樣子嗎？」

「牠吃羊，」瑪莎說，「如果牠沒有吃羊，這些羊毛從哪裡來？」

「也許牠只是把勾在荊棘上的一絲絲羊毛收集起來？」黛西說，捏起一小撮柔軟的、雪白的羊毛。「我還是不懂為什麼這裡沒有任何骨頭，如果牠習慣吃動物的話。」

「牠每天晚上唱的那首歌又是怎麼回事？」伯特說，「牠讓我起雞皮疙瘩。如果你問我，我會說那是一首戰歌。」

「我聽了也很害怕。」瑪莎說。

「不知道牠有什麼含義？」黛西說。

過了幾分鐘後，洞口的巨大圓石又再度滾動，伊卡伯格拎著牠的兩個籃子出現。一個籃子照例裝滿蘑菇，另一個籃子裝著冰凍的美酪城起司。

大家都和往常一樣安靜地吃，吃完後伊卡伯格將牠的籃子擺好，撥一撥火苗，然後在太陽開始下山的時候移到洞口坐下，準備用人類聽不懂的語言唱牠那首奇怪的歌。

黛西站起來。

「妳要做什麼？」伯特低聲說，抓住她的腳踝，「坐下！」

「不，」黛西說，掙脫她的腳踝，「我要去跟牠談談。」

於是她大膽地走到洞口，然後在伊卡伯格身邊坐下。

54

# 伊卡伯格之歌

伊卡伯格才剛吸了一口氣，發出平常那種類似風笛袋充氣的聲音，黛西就說：

「你是用什麼語言唱歌的，伊卡伯格？」

伊卡伯格低頭看她，吃驚的發現黛西居然離這麼近。起初，黛西以為牠不會回答，但牠終於還是用緩慢而低沉的聲音說：

「伊卡語。」

「這首歌的內容是關於什麼？」

「這是有關伊卡伯格的故事——也是你們這個族類的故事。」

「你是說，人類？」黛西問。

「人類，是的，」伊卡伯格說，「兩個故事是一個故事，因為人類是伊卡伯格分生的。」

牠又再一次吸氣準備唱歌，但黛西問牠：「『分生』是什麼意思？和出生一樣嗎？」

「不一樣，」伊卡伯格說，低頭望著她，「分生與出生大不相同。分生是新的伊卡伯格出現的方式。」

黛西看伊卡伯格身材如此巨大，心想自己必須禮貌一點，於是她謹慎地說：

「那聽起來**有一點**像出生。」

「它不是，」伊卡伯格用牠低沉的聲音說，「出生和分生是非常不一樣的事情，當寶寶被分生時，分生牠們的我們就死了。」

「一直都是這樣？」黛西問。她注意到伊卡伯格在說話時，會不由自主地揉牠的肚子。

「一直都是這樣，」伊卡伯格說，「那是伊卡伯格的生命方式。你們和你們的孩子一起生活，是人類的一種不可思議的習性。」

「可是，那太悲傷了，」黛西緩緩地說，「你的孩子一生下來你就死了。」

「一點也不悲傷，」伊卡伯格說，「分生是一件美妙的事！我們的整個一生都會影響到分生。我們所做的事，以及我們的感受，都會在我們的寶寶分生時成為牠們的天性，有一個好的分生非常重要。」

「我不懂。」黛西說。

「如果我因為悲傷和絕望而死亡，」伊卡伯格解釋，「我的寶寶就不會存活下去。我看過一個個伊卡伯格同胞在絕望中死去，牠們的寶寶都只能活幾秒鐘。伊卡伯格活著不能沒有希望。我是最後一個僅存的伊卡伯格，我的分生將是歷史上最重要的分生，因為如果我的分生很美好，我們的物種就會繼續存活下去；如果我的分生不好，伊卡伯格就會永遠滅絕……」

「我們的災禍都是來自一次不好的分生。」

「你唱的歌和這個有關嗎？」黛西問，「那次不好的分生？」

伊卡伯格點頭。牠的視線投向外面天色漸暗、雪花紛飛的沼澤。然後牠又吸一口類似風笛的氣，開始唱歌，這一次牠用人類可以聽懂的語言唱出來。

在開天闢地的遠古時期，只有伊卡伯格活在世間，鐵石心腸的冷酷人類那個時候還沒有出現。當年的世界多麼美好，如天堂一般明媚愉快。在一去不返的黃金歲月，沒有人把我們獵捕和傷害。

哦，伊卡伯格，分生回來吧，分生回來，我的伊卡伯格。哦，伊卡伯格，分生回來吧，分生回來，我的伊卡伯格。

悲劇發生！一個風雨之夜，恐懼分生出了痛苦，痛苦不同於牠的同胞，牠是那麼威猛和魁梧。牠聲音粗啞、行為不端，是一個孽種，前所未見，牠們憤怒地連打帶罵，把痛苦驅趕到了外面。

哦，伊卡伯格，在智慧中分生，在智慧中分生吧，我的伊卡伯格。哦，伊卡伯格，在智慧中分生，在智慧中分生吧，我的伊卡伯格。

在離家一千英里的地方，牠分生的時刻即將臨近。痛苦在黑暗中孤獨死去，牠分生出的孩子叫仇恨。這個伊卡伯格渾身無毛，牠發誓要為過去的事情報仇。牠充血的眼裡燃燒怒火，牠邪惡的目光眺望遠處。

哦，伊卡伯格，在善良中分生，在善良中分生吧，我的伊卡伯格。哦，伊卡伯格，在善良中分生，在善良中分生吧，我的伊卡伯格。

之後仇恨誕生出了人類，人類就起源於我們自己，他們從痛苦和仇恨發展到數量眾多，向我們發起襲擊。成百的伊卡伯格慘遭殺害，我們的血像雨水澆灑大地，我們的祖先像樹木被人砍伐，而人類繼續與我們為敵。

哦，伊卡伯格，在勇敢中分生，在勇敢中分生吧，我的伊卡伯格。哦，伊卡伯格，在勇敢中分生，在勇敢中分生吧，我的伊卡伯格。

人們把我們趕出陽光的家園，從草地驅趕到亂石泥沼，驅趕到一望無際的暴雨濃霧。我們在這裡苟活，數量漸少，直到我們族類只剩下一位，牠躲過了長槍和長矛，又將在滿腔仇恨和怒火中分生出自己的寶寶。

哦，伊卡伯格，快殺死人類，快殺死人類吧，我的伊卡伯格。哦，伊卡伯格，快殺死人類，快殺死人類吧，我的伊卡伯格。

伊卡伯格唱完歌後，黛西和伊卡伯格默默地坐著。星星開始出來了，黛西凝視著月亮，說：

「你吃了多少個人類，伊卡伯格？」

伊卡伯格嘆一口氣。

「截至目前，一個也沒有，伊卡伯格喜歡吃蘑菇。」

「你打算在你的分生時間來臨時吃掉我們嗎？」黛西問，「這樣你的寶寶出來時才會以為伊卡伯格是吃人類的？你想把牠們變成殺人兇手，不是嗎？好奪回你們的家園？」

伊卡伯格低頭望著她。牠似乎不想回答，但牠那顆毛茸茸的巨大頭顱最後還是點了一下。坐在黛西與伊卡伯格背後的伯特、瑪莎和羅得理，在即將熄滅的火苗下互相交換恐懼的眼光。

「我知道失去你最心愛的人是什麼感覺，」黛西靜靜地說，「我的媽媽死了，我的爸爸失蹤了。有很長一段時間，我讓自己相信他們仍活著，因為我必須相信，否則我想我也會死去。」

黛西站起來，注視著伊卡伯格悲傷的眼睛。

「我想，人類和伊卡伯格一樣需要希望。但是，」她說，將她的手放在心上，「我的媽媽和爸爸仍然在這裡，而且他們會永遠在這裡。所以，當你要吃我們的時候，伊卡伯格，請你把我的心留到最後才吃，我希望盡可能讓我的爸爸媽媽活久一點。」

她走進洞穴，四個人又回到那堆羊毛窩，坐在火苗旁邊。

過了一會兒，黛西在半夢半醒之間，覺得自己似乎聽到伊卡伯格在抽泣。

〈穿上戰袍的弗瑞德國王〉
吳采霈/8歲/台灣高雄

# 55

# 史必唾冒犯國王

發生郵車脫逃的災難之後，史必唾立刻採取行動，確保這種事不會再度發生。他在沒有告知國王的情況下發佈一份新的公告，允許首席顧問可以拆開所有信件，檢查它們有沒有叛國的跡象。公告中的注意事項列舉現在被視為背叛豐饒角國的所有行為：宣稱伊卡伯格不是真的，以及弗瑞德國王不是一個好國王，仍然屬於叛國行為；批評史必唾動爵和弗拉捧動爵，是叛國行為；批評伊卡伯格稅太高，是叛國行為；以及，宣稱豐饒角國不像過去那麼幸福快樂與豐衣足食，從現在開始也被視為叛國行為。

現在人人都非常恐懼，不敢在他們的信件內說出真相，甚至前往首都旅行的人也大幅度減少到幾乎為零。這正是史必唾所希望的，於是他開始進行他的第二階段計畫，就是寄許多假的郵件給弗瑞德。由於這些信件不能有相同的筆跡，史必唾便把幾個士兵關在房間裡，給他們一疊信紙和大量的羽毛筆，並且告訴他們要寫些什麼。

「當然要讚美國王，」史必唾穿著他的首席顧問長袍，威風凜凜地走來走去，對這些人說，「告訴他，他是這個國家有史以來最優秀的統治者。同時也要讚美我，說如果沒有史必唾動爵，不知道豐饒角國會成為什麼樣的國家。然後說，要不是有伊卡伯格防衛隊，伊卡伯格會殺害更多人；以及豐饒角國現在比過去更富裕。」

於是弗瑞德開始接到許多信件，稱讚他多麼優秀，國家從來沒有像現在這樣幸福快樂，以及對抗伊卡伯格的戰爭進行得非常順利等等。

「看來一切都很順利！」弗瑞德國王和兩位勳爵一起吃午餐時揮一揮其中一封信，眉開眼笑地說。自從開始接到這些偽造的信件後，他比以前開心多了。嚴寒的冬天使地上結冰，出去打獵變得很危險。但弗瑞德今天穿了一套全新的、華麗的亮橙色絲綢套裝，上面鑲著用黃玉製作的鈕釦，覺得自己格外英俊瀟灑，這使他的情緒更加高昂。看到窗外下著大雪，但他的房間內不但有熊熊燃燒的爐火，餐桌上也照常堆滿昂貴的食物，真是令人感到愉悅。

「我不知道已經有這麼多伊卡伯格被殺死了，史必唾！事實上——現在想想——我甚至不知道不只有一個伊卡伯格！」

「呃，是的，陛下，」史必唾說，氣呼呼地瞪了一眼正在大口吃格外美味的奶油起司的弗拉捧。史必唾有太多事情要做，所以他把檢查假信件的事交給弗拉捧去執行，吩咐他在這些信件寄出去給國王之前要先檢查一遍。「我們不希望驚動到您，但我們在不久前得知，這個怪物已經，呃——」

他故意咳嗽。

「——繁殖了。」

「原來如此，」弗瑞德說，「不過，你們已經解決了這麼多個，這是好消息。我們應該製作一個標本，把牠展示給人們看！」

「呃……是的，陛下，這是個好主意。」史必唾咬著牙說。

「不過，有件事我不明白，」弗瑞德又皺著眉頭說，「福勞迪山教授不是說每次一個伊卡伯格死了之後會再生出兩個嗎？那這樣的話，殺死牠們事實上不是反而使牠們的數量增加一倍嗎？」

「啊……不，陛下，不是的，」史必唾說，他快速運轉他狡猾的腦筋，「我們已經找到阻止這種情況發生的方法，利用——呃——利用——」

「先用力敲牠們的頭。」弗拉捧說。

「先用力敲牠們的頭，」史必唾跟著說，並且點頭，「就是這樣。如果你靠近一點，先把牠們打昏，然後再殺死牠們，陛下，那麼，呃，這似乎就能……阻止牠們翻倍。」

「可是，為什麼你們不告訴我這個驚人的發現呢，史必唾？」弗瑞德大聲說，「這可以改變一切——我們或許很快就會把伊卡伯格從豐饒角國永遠消滅！」

「是的，陛下，這是好消息，不是嗎？」史必唾說。他恨不得一巴掌打掉弗拉捧臉上的嘲笑，「不過，還是剩下好幾個伊卡伯格……」

「儘管如此，似乎終於可以見到結局了！」弗瑞德愉快地說，放下信件，再度拿起他的刀叉，「遺憾的是，可憐的羅奇少校在我們開始要反敗為勝之前被伊卡伯格殺死了！」

「非常遺憾，是的，陛下。」史必唾同意。他當然已經向國王解釋羅奇少校突然失蹤的原因。他告訴國王，羅奇在沼澤地試圖阻止伊卡伯格南下時犧牲了他的性命。

「這一切使我一直在猜測的事有了合理的解釋，」弗瑞德說，「那些僕人不停地唱國歌，你們有聽到嗎？這雖然可以提高士氣，卻有點……**千篇一律**。但這是為什麼——

他們是在慶祝我們對伊卡伯格的勝利嗎？」

「一定是的，陛下。」史必唾說。

事實上，這些歌聲是來自地牢內的囚犯，不是王宮的僕人，但弗瑞德不知道王宮的地牢內關了五十幾個犯人。

「我們應該辦一場慶祝舞會！」弗瑞德說，「我們很久沒有舉辦舞會了，我和艾絲蘭妲小姐跳舞似乎是一個世紀以前的事。」

「修女是不跳舞的。」史必唾憤怒地說，忽然站起來，「弗拉捧，借一步說話。」

兩位勳爵朝著門口走去，但是他們才走到一半，國王嚇說：

「等一下。」

兩人轉身。弗瑞德國王突然出現很不高興的表情。

「你們兩個都沒有先請求允許就擅自離開國王的餐桌。」

兩位勳爵互看一眼，然後史必唾一鞠躬，弗拉捧也跟著鞠躬。

「懇求陛下原諒，」史必唾說，「只是因為如果我們要按照陛下您的絕佳建議行動，將一個死去的伊卡伯格製成標本，陛下，我們就必須趕快行動，否則，呃，牠可能會腐爛。」

「儘管如此，」弗瑞德說，用手指觸摸他戴在脖子上的黃金徽章，徽章上刻著國王對抗一隻長得像龍的怪物的圖案。「我仍然是國王，史必唾，**你們的**國王。」

「當然，陛下，」史必唾說，再度深深鞠躬，「我活著只為服侍您。」

「嗯，」弗瑞德說，「好吧，看來你還記得。快點把那個伊卡伯格製成標本，我要展示給人民看，然後我們再來討論慶祝舞會的事。」

# 56

# 地牢內的秘密計畫

一離開國王的聽力範圍，史必唾立刻湊到弗拉捧耳邊低語。

「你應該先檢查所有信件後再交給國王！我去哪裡找一個死的伊卡伯格製成標本？」

「**縫**一個啊。」弗拉捧說，聳聳肩。

「縫一個？縫一個？」

「那，不然你能怎麼辦？」弗拉捧咬了一大口他從國王的餐桌上偷偷拿出來的「公爵的喜悅」。

「**我**能怎麼辦？」史必唾重複弗拉捧的話，他快氣炸了。「你認為這全都是**我的**問題？」

「伊卡伯格是你編出來的。」弗拉捧一邊咀嚼一邊含糊地說。他對史必唾老是大吼大叫又愛指揮他，感到非常厭煩。

「比米希是你殺死的！」史必唾惡狠狠地說，「如果我不把過錯推到那個怪物身上，你現在會在哪裡？」

說完，史必唾不等弗拉捧回答便轉身走向地牢。他至少可以叫那些囚犯不要那麼大聲唱國歌，這樣國王也許會以為對抗伊卡伯格的戰爭又變得更嚴峻了。

「安靜——**安靜！**」史必唾走進地牢時拉高嗓門大聲吼，因為那個地方鬧烘烘的，有人唱歌，有人哈哈大笑。僕役坎克比在牢房之間跑來跑去，為不同的囚犯遞送廚房用具。空氣中瀰漫著比米希太太剛從爐子拿出來的「少女的夢想」的香氣。這些囚犯的氣色比史必唾上一次下來時好看多了。他不喜歡，一點也不喜歡。他尤其不喜歡古德菲上尉看起來和以前一樣健康強壯。史必唾希望他的敵人虛弱與絕望，甚至連多夫泰先生長長的白頭髮也被修剪了一番。

「你很忙，是嗎？」他問氣喘吁吁的坎克比，「有這麼多鍋碗瓢盆需要你遞過來遞過去嗎？」

「當——當然，大人。」僕役喘著氣說，不想承認他被比米希太太給他的指示搞得昏頭轉向，弄不清哪一個囚犯手上有什麼東西。湯匙、攪拌器、杓子、平底鍋、烤盤，必須在牢房與牢房之間傳過來遞過去，才能跟上比米希太太烘焙糕餅的需求。有一、二次，坎克比甚至意外地將多夫泰先生的鑿子交給另一個囚犯。他**認為**他每天晚上把所有的工具都收齊了，但他如何才能確定？有時坎克比擔心地牢那個愛喝酒的獄卒可能沒聽到囚犯們在竊竊私語，他們會不會在晚上蠟燭熄滅之後暗中策劃任何事。但坎克比看得出史必唾沒有心情聽他訴說任何麻煩，所以他什麼也沒說。

「不要再唱歌了！」史必唾大聲說。他的聲音在地牢內發出回音。「國王在頭痛！」

事實上，是史必唾的頭在陣陣抽搐。他一轉身背對這些囚犯時，就立刻把他們拋諸腦後，繼續為他究竟要如何做出一個逼真的伊卡伯格標本而傷腦筋。也許弗拉捧會有什麼點子？他們或許可以用公牛的骨骸，然後綁架一個女裁縫，命令她縫製一件像龍一樣的東西包覆在牛骨骸外面，然後在裡面裝滿鋸木屑？

謊言之上又一個謊言。一旦開始撒謊，你就不得不一直撒謊下去，然後你就會像一艘漏水船的船長一樣，需要不停地想辦法堵塞船上的漏洞，免得船沉下去。史必唾沉浸在牛骨骸與鋸木屑的煩惱中，沒想到他的身後，一場至今最大的麻煩正在醞釀著：地牢內關了許多正在秘密策劃謀反的囚犯，他們每個人都有刀子和鑿子，藏在他們的毛毯底下，以及牆壁上鬆動的磚塊後面。

# 57 黛西的計畫

北方的沼澤地上仍然積了厚厚一層雪。現在伊卡伯格每次提籃子出去時，不再把巨大的圓石推到洞口了，相反地，黛西、伯特、瑪莎和羅得理會一起出去幫忙收集牠愛吃的沼澤小蘑菇。每次出去時，他們也會從被棄置的馬車上拿出更多冷凍食物，帶回去洞穴自己吃。

日子一天天過去，四個人越來越強壯健康。伊卡伯格也越來越胖，但這是因為牠的分生時間越來越接近了。由於伊卡伯格說牠打算在分生時吃掉他們四個人，因此伯特、瑪莎和羅得理很擔心伊卡伯格的肚子越來越大。尤其是伯特，他確信伊卡伯格真的會吃掉他們。他以前一直認為他的爸爸是意外死亡，現在他認為他這種想法是錯誤的。既然伊卡伯格是真實的，那麼很顯然，是伊卡伯格殺死了比米希少校。

通常，他們出去採蘑菇時，伊卡伯格和黛西會走在其他人前面，進行他們的私人對談。

「你們想，他們在談什麼？」瑪莎對兩個男生低聲說。他們在沼澤區尋找伊卡伯格特別愛吃的白色小蘑菇。

「我想她是在跟牠做朋友。」伯特說。

「什麼，這樣牠就會吃我們而不會吃她嗎？」羅得理說。

「你說這些話太過分了，」瑪莎立刻說，「黛西照顧孤兒院的每一個人，有時她還會代替別人接受懲罰。」

羅得理聽了非常吃驚。他從小就被他的爸爸教導：對他遇到的每一個人都要往壞處想；想要飛黃騰達，就要成為任何一個群體中最大、最強壯和最卑鄙的人。要改掉這些他從小就被教育的習慣很難，但他的爸爸已經去世，他的媽媽和弟弟們無疑地被關進監獄裡，羅得理不希望這三個新朋友討厭他。

「抱歉。」他喃喃地說。瑪莎對他笑笑。

現在，伯特碰巧說對了。黛西**確實是**在跟伊卡伯格做朋友，但她的計畫不是只為拯救她自己，或她的三個朋友，而是要拯救整個豐饒角國。

在一個特別的早晨，當她和伊卡伯格走在其他人前面穿過沼澤時，她發現有幾朵雪花蓮從冰雪中冒出來。春天來了，這意味著士兵們很快就會回到沼澤地邊緣。她的胃忽然有種怪怪的、好像暈船一樣的感覺，因為她知道她必須做對這件事，這非常重要。黛西說：

「伊卡伯格，你知道你每天晚上唱的歌是什麼意思嗎？」

伊卡伯格正抬起一塊木頭，檢查底下有沒有隱藏任何蘑菇，聽了黛西的話之後，牠說：

「如果我不知道，我不可能唱它，不是嗎？」

說完，牠咻咻地輕輕一笑，很像氣喘的聲音。

「那你知道，你唱的歌說你希望你的孩子善良、智慧和勇敢嗎？」

「知道啊，」伊卡伯格說。牠拾起一朵銀灰色的小蘑菇，拿給黛西看，「這是一朵好蘑菇，這種蘑菇在沼澤地很難得見到。」

「真可愛，」伊卡伯格將那朵小蘑菇放進牠的籃子裡時黛西說，「還有，在你那首歌的最後一段合唱中，你說你希望你的寶寶殺死人類。」黛西說。

「是的，」伊卡伯格說，伸手從一棵枯死的樹上摘下一小撮黃色的蕈菇，然後拿給黛西看，「這是有毒的蕈菇，永遠不要吃這一種。」

「我不會，」黛西說。接著，她做了一個深呼吸，繼續說：「但你真的認為一個善良、智慧、勇敢的伊卡伯格會吃人類嗎？」

伊卡伯格正彎腰摘另一朵銀灰色的蘑菇，聽了這句話，牠停止動作，低頭望著黛西。

「我**不想**吃掉你們，」牠說，「但我不得不吃，否則我的孩子就會死。」

「你說牠們需要希望，」黛西說，「如果，當分生時間來臨時，牠們看到牠們的媽媽——或牠們的爸爸——抱歉，我不是很了解——」

「我是牠們的伊克，」伊卡伯格說，「牠們是我的伊卡伯格寶寶。」

「好的，那，如果你的——你的伊卡伯格寶寶看到，圍繞在牠們的伊克身邊的人都愛牠、希望牠快樂，並且他們像朋友般生活在一起呢？這樣會不會比其他任何情況讓牠們充滿更多的希望？」

伊卡伯格在一棵倒下的樹幹上坐下，好一陣子不說一句話。伯特、瑪莎和羅得理站在遠處觀望。他們可以看出黛西和伊卡伯格之間正在發生一件非常重要的事。他們雖然很好奇，但是不敢靠近。

終於，伊卡伯格說道：

「也許……也許，如果我不吃掉你們會好一點，黛西。」

這是伊卡伯格第一次對黛西說出她的名字。黛西伸出一隻手放在伊卡伯格的手掌上，他們相視微笑。然後伊卡伯格說：

「當我的分生時間來臨時，妳和妳的朋友必須在我身邊，我分生的伊卡伯格寶寶就會知道你們也是牠們的朋友。之後，你們必須和牠一起住在這塊沼澤地裡，永遠留在這裡。」

「這個……問題是，」黛西謹慎地說，仍然握著伊卡伯格的手掌，「馬車上的食物很快就要吃完了，我不認為這裡有足夠的蘑菇供我們四個人和你的伊卡伯格寶寶吃。」

黛西覺得在牠仍活著的時候談牠死去以後的事情很奇怪，但伊卡伯格似乎並不介意。

「那我們該怎麼辦？」牠問她，一雙大眼睛充滿焦慮。

「伊卡伯格，」黛西謹慎地說，「豐饒角國到處都有人在垂死邊緣，他們快餓死了，甚至被謀殺，這都是因為一些邪惡的人認為你想殺死人類。」

「我**以前**是想殺死人類，直到我遇見你們四個。」伊卡伯格說。

「可是現在你改變了，」黛西說。她站起來面對伊卡伯格，握住牠的兩個手掌。「現在你明白，人類——至少大部分的人類——不是殘酷或邪惡的。他們大多數是傷心的，而且都很疲憊，伊卡伯格。如果他們知道你——知道你多麼善良、多麼溫柔，還有，你都只吃蘑菇，他們會明白他們畏懼你是多麼愚蠢的事。我確信他們會希望你和你的伊卡伯格寶寶離開沼澤，回到你的祖先從前居住的草原。那裡有更大、更好的蘑菇，並且讓你的後代都成為我們的朋友，和我們一起生活。」

「妳要我離開沼澤？」伊卡伯格說，「夾在那些拿著槍枝與長矛的人中間？」

「伊卡伯格，請聽我說，」黛西哀求牠，「如果你的寶寶被分生時有好幾百人圍繞著牠們，這些人都想愛牠們、保護牠們，這樣不是能為牠們帶來比過去歷史上任何一個伊卡伯格更多的希望？然而，如果我們四個人住在這個沼澤地然後餓死，這樣又能給你的伊卡伯格寶寶留下什麼希望？」

怪物注視著黛西。伯特、瑪莎和羅得理遠遠看著，不知道到底發生了什麼事。最後，一顆巨大的眼淚湧上伊卡伯格的眼眶，那個眼淚像一顆玻璃蘋果。

「我怕到人群中，我怕他們會殺了我和我的伊卡伯格寶寶。」

「他們不會，」黛西說，放下伊卡伯格的手掌，用雙手捧住牠那張巨大的、毛茸茸的臉頰。她的十指埋進那厚厚的、野草般的長毛裡。「我向你發誓，伊卡伯格，我們會保護你，你的分生將會是歷史上最重要的分生，我們要讓伊卡伯格重生，讓豐饒角國重生。」

58

# 海蒂·霍普金斯

當黛西第一次告訴其他三個人她的計畫時，伯特拒絕加入。

「保護那個怪物？我不要。」他激動地說，「我發誓要殺牠，黛西，牠殺了我爸爸！」

「伯特，牠沒有，」黛西說，「牠不曾殺過**任何人**，請你聽牠說！」

於是那天晚上在洞穴裡，伯特、瑪莎和羅得理第一次靠近伊卡伯格——以前因為太害怕，他們都不敢接近牠——伊卡伯格便告訴他們四個人好幾年前的那個夜晚發生的事，當時牠在濃霧中和一個人類面對面。

「……臉上有黃色的毛，」伊卡伯格說，指著牠自己的嘴唇上面。

「鬍子？」黛西問。

「還有一把亮晶晶的劍。」

「鑲了珠寶，」黛西說，「這**一定**是國王。」

「那你還見到誰？」伯特問。

「沒有了，」伊卡伯格說，「我跑掉了，躲在一塊大石頭後面。人類殺光了我的祖先，我很害怕。」

「那，我的爸爸是怎麼死的？」伯特問。

「你的伊克是被槍打死的那個人嗎？」伊卡伯格問。

「被槍打死？」伯特說，臉色發白，「你怎麼知道，如果你已經跑掉了的話？」

「我躲在石頭後面偷看，」伊卡伯格說，「伊卡伯格在濃霧中也可以看得很清楚。我很害怕，我想知道那些人在沼澤做什麼。結果，有一個人被另一個人開槍打死了。」

「弗拉捧！」羅得理終於脫口而出。他以前一直不敢告訴伯特，但他不能再繼續隱瞞下去了，「伯特，我曾經聽我爸爸告訴我媽媽，他之所以升官都是因為弗拉捧和他的短槍的緣故。我那時候還小……我不懂那是什麼意思，當時……對不起，我一直沒有告訴你，我……我不知道你會說什麼。」

伯特沉默了好幾分鐘。他在回憶他在藍廳內的那個恐怖夜晚。他摸到他的爸爸那隻冰冷的、沒有生命的手，然後他把那隻手從豐饒角國旗底下拉出來，讓他的媽媽最後一次親吻它。他記得史必唾說他們不能看他爸爸的遺體。他還記得弗拉捧一邊吃餡餅、一邊說他很遺憾，說他一向喜歡比米希少校時，口中的餡餅碎屑噴在他和他的媽媽身上。伯特一手摸著他的胸口，他爸爸的動章緊緊貼著他的皮膚，然後他轉向黛西，低聲說：

「好，我加入。」

於是四個人和伊卡伯格開始根據黛西的計畫展開行動。他們動作迅速，因為雪正在快速融化，他們擔心士兵們回來沼澤地。

首先，他們拿了那些盛裝起司、餡餅和糕點的大木盤——這些食物已經被他們吃掉了，黛西在木盤上面刻了一些字。其次，伊卡伯格協助兩個男孩將馬車從泥沼中拖出來。瑪莎負責盡量多收集一點蘑菇，好讓伊卡伯格在南下的旅途中可以吃得飽。

到了第三天，天矇矇亮時，他們出發了。他們小心謹慎地安排計畫。伊卡伯格負責拉車，車上載著剩下的冷凍食物和好幾籃蘑菇。伯特和羅得理走在伊卡伯格前面，兩人手上各拿一塊用大木盤做成的標語牌，伯特的木牌上寫著：**伊卡伯格不會傷害人**。羅得理的木牌上寫著：**史必唾欺騙了你們**。黛西跨坐在伊卡伯格的肩膀上，她的木牌上寫著：**伊卡伯格只吃蘑菇**。瑪莎坐在車上，車上除了食物之外還有一大束雪花蓮，這也是黛西的計畫之一。瑪莎的木牌上則寫著：**支持伊卡伯格！打倒史必唾勳爵！**

他們走了好幾哩路，都沒有見到任何人，但是快到中午時，他們遇到兩個衣衫襤褸的人牽著一隻非常瘦的綿羊。這對疲倦與飢餓的夫妻不是別人，正是把兩個雙胞胎送去給咕噥大媽的王宮女僕海蒂．霍普金斯和她的丈夫。他們走遍全國想找個工作，但沒有人有任何工作給他們做。他們在路上發現這隻飢餓的綿羊，便帶著牠一起走，但牠身上的羊毛太稀疏，又不夠蓬鬆，所以不值錢。

當霍普金斯先生看到伊卡伯格時，嚇得兩腿發軟跪在地上，海蒂只是站在那裡吃驚地張大了嘴巴。等這支奇怪的隊伍走近，夫妻倆可以看清所有木牌上的標語時，他們以為他們一定是快發瘋了。

黛西早預料到人們會有這種反應，便對他們喊話：

「你們不是在作夢！這是伊卡伯格，牠很善良，而且愛好和平！牠沒有殺過任何人！事實上，牠還救了我們！」

伊卡伯格小心翼翼地彎腰，免得黛西摔下來，然後牠拍拍那隻瘦巴巴的綿羊的頭。綿羊不但沒有逃走，反而對牠**咩咩**叫，一點也不害怕，咩完之後又回去繼續吃那些稀疏、乾枯的草。

「你們看見了嗎？」黛西說，「你們的綿羊知道牠不會傷害人！跟我們一起走吧——你們可以坐在我們的車上！」

霍普金斯夫婦又累又餓，雖然他們仍然畏懼伊卡伯格，但還是爬到車上，連同他們的綿羊一起坐在瑪莎旁邊。然後，伊卡伯格、六個人類和一隻綿羊，又再度上路，慢慢朝著酒香城前進。

〈沒毛的羊〉
賴姿錡/13歲/台灣彰化

59

# 回到酒香城

當暗灰色的酒香城輪廓出現時，天色正逐漸變暗。伊卡伯格一行人在山丘頂上暫時停下來，俯瞰酒香城。瑪莎把一大束雪花蓮交給伊卡伯格，接著，每個人都確認他們手上高舉的木牌方向正確後，四個人互相握手，因為他們已對彼此和伊卡伯格發誓，他們會保護牠，而且就算人們用槍威脅他們，他們也絕不躲開。

於是伊卡伯格一行人下山走向這座釀酒城市，守門的衛兵看到他們接近。他們舉起他們的槍準備發射，但黛西站在伊卡伯格的肩膀上，揮動她的兩隻手臂。伯特和羅得理將他們的木牌舉得高高的。當怪物越走越近、越走越近時，守門的衛兵用恐懼的眼光望著牠，手上的來福槍一直發抖。

「伊卡伯格沒有殺過任何人！」黛西大聲喊。

「你們聽到的都是謊言！」伯特大叫。

衛兵不知道該怎麼辦，因為他們不想射殺這四個年輕人。伊卡伯格慢慢走近，牠的體型和牠奇怪的模樣都很嚇人，但牠巨大的眼睛看起來和藹可親，而且牠的手掌中握著雪花蓮。最後，伊卡伯格走到衛兵面前停下來，彎腰，然後送給他們每個人各一朵雪花蓮。

衛兵們接下鮮花，因為他們不敢不接。接著伊卡伯格在他們的頭上輕輕拍一下，像牠對綿羊那樣，然後走進酒香城。

四面八方都有人發出尖叫：人們在伊卡伯格面前驚慌走避，或衝去找武器，但伯特和羅得理堅定地走在牠的前面，高舉他們的木牌。伊卡伯格則持續把花遞給路過的人，最後終於有個年輕的婦人勇敢地接受。伊卡伯格好高興，用牠洪亮地聲音謝謝她，這使得更多人嚇得尖叫，但其他有些人慢慢挨近伊卡伯格，很快地，一小群人圍繞在怪物身邊，從牠手中接過雪花蓮，並且哈哈大笑。伊卡伯格也開始微笑，牠從未料到有人類會對牠歡呼或感謝牠。

「我說過了吧，如果他們認識你，他們就會愛你！」黛西在伊卡伯格的耳朵旁邊小聲說。

「跟我們一起走！」伯特對群眾大聲說，「我們要去南方，去見國王！」

聽了這話，在史必唾的統治下痛苦不堪的酒香城居民，紛紛跑回家拿火把、乾草叉和槍枝，他們不是要傷害伊卡伯格，而是要保護牠。他們對於他們一直被欺騙感到憤怒，因此他們聚集在伊卡伯格身邊，在逐漸變暗的天色中行進。不過，他們中途有短暫繞一下路，去了一個地方。

黛西堅持去一趟孤兒院。當然，孤兒院的大門仍然鎖得緊緊的，而且上了栓，但伊卡伯格很快就把它踢開了。伊卡伯格將黛西輕輕地放下，然後她跑進去帶所有的小孩。小小孩爬到車上，霍普金斯雙胞胎撲進他們爸媽的懷裡。較大的孩子也加入群眾。咕噥大媽一面尖叫、一面頓腳，想把他們叫回來。然後她看見伊卡伯格毛茸茸的大臉從窗外對她眨眼睛。我很欣慰地告訴你，咕噥大媽立刻昏倒在地上。

然後，歡天喜地的伊卡伯格隊伍繼續走在酒香城的主要街道上，一路上有越來越多人加入，但沒有人注意到霸凌約翰躲在一個路口轉角看群眾經過。霸凌約翰當時正在當地的一家酒館喝酒，他沒有忘記那兩個男孩偷走他的鑰匙時，羅得理揍得他流鼻血。他立刻意識到，如果這群製造麻煩的人和他們巨大的沼澤怪物抵達首都，那麼所有從伊卡伯格傳說中發財的人肯定會有麻煩。因此，霸凌約翰沒有回孤兒院，而是從酒館外面偷了另一個酒客的馬。

和緩慢移動的伊卡伯格隊伍不一樣，霸凌約翰迅速快馬加鞭南下，他要去警告史必唾動爵，危險正在逼近泡芙城。

〈伊卡伯格與憤怒的群眾〉
林楷紘/9歲/台灣台北

# 60

# 叛亂

有時——我也不知道為什麼——即使彼此相隔很遠的人，似乎也能意識到展開行動的時刻到了。或許思想也能像花粉般在微風中傳播。總之，在王宮底下的地牢內，那些把刀子、鑿子、沉重的平底鍋和擀麵棍藏在床墊底下和牢房牆壁內的囚犯們，終於準備就緒了。在伊卡伯格接近美酪城的那一天，天剛剛亮，古德菲上尉和多夫泰先生——兩人的牢房彼此相對——已經醒來了，臉色發白、神情緊張地坐在他們的床邊，因為今天是他們下決心逃走，或者死亡的日子。

在囚犯們頭上好幾層樓的樓上，史必唾動爵也早早醒來。他完全不知道一項越獄計畫正在他的腳下醞釀，也不知道一個活生生的伊卡伯格此刻正在越聚越多的豐饒角國人民的簇擁下，朝著泡芙城前進。史必唾梳洗完畢，穿上他的首席顧問長袍，然後出門來到馬廄區一間上鎖的房間，守衛已在這個房間外面看守了一個禮拜。

「讓開。」史必唾對守衛的士兵說，然後他把門打開。

一群筋疲力竭的女裁縫和裁縫師正在馬廄內的一具怪物模型旁邊等候。牠的體型像公牛，有皮革製成的皮膚，皮膚上有尖刺突出。牠那雕刻的腳上有可怕的爪子，嘴巴內長滿獠牙，憤怒的眼睛在牠臉上散發琥珀色的光芒。

史必唾緩緩繞著他們的創作察看時，女裁縫和裁縫師們都很害怕。如果靠近一點，你可以看到牠上面的縫線，知道牠的眼睛是玻璃做的，尖尖的刺實際上是穿透皮革的鐵釘，而爪子與獠牙不過是彩繪的木頭。如果你戳一戳牠，還會有一點鋸木屑從縫線的地方漏出來。然而，在馬廄昏暗的燈光下，這是一件逼真的作品，看到史必唾臉上現出微笑，裁縫師們都鬆了一口氣。

「可以，至少在燭光下。」他說，「我只要讓親愛的國王站遠一點看就行了。我們可以說那些尖刺和獠牙仍然有毒。」

工人們彼此交換眼光，鬆了一口氣。他們已經在這裡日夜不眠不休地工作了一個星期，現在他們終於可以回家和他們的家人團聚了。

「士兵，」史必唾說，轉向在院子等候的衛兵，「把這些人帶走。如果你尖叫，」他懶洋洋地說，因為那個最年輕的女裁縫張開她的嘴巴，差點叫出來，「就把你槍斃。」

當這些製作伊卡伯格標本的人被士兵拖出去時，史必唾吹著口哨上樓，來到國王的寢宮，發現弗瑞德穿著絲質睡衣，鬍鬚上戴著一個鬍網。而弗拉捧正把一條餐巾塞到他有好幾層的下巴底下。

「早安，陛下！」史必唾鞠躬說，「我相信您昨夜睡得很好吧？我今天要給陛下您一個驚喜，我們已經做好一個伊卡伯格的標本了，我知道陛下您很想看到牠。」

「太好了，史必唾！」國王說，「看過之後，我們也許可以送到全國各地，做什麼呢？向人民展示我們面對的是什麼。」

「我會勸陛下打消這個念頭，」史必唾說，他擔心如果有人在大白天看到這個伊卡伯格標本，一定會看出牠是個冒牌貨。「我們不想讓一般老百姓驚慌。但陛下您是如此勇敢，您可以應付眼前的景象——」

史必唾的話還沒有說完，國王私人寢宮的門忽然打開，眼神狂亂、汗流浹背的霸凌約翰衝進來。他在路上被不只一夥，而是兩夥攔路強盜給耽擱了。他在樹林裡迷路，又在躍過水溝時從馬背上摔下來，之後他又無法追上他的馬，因此霸凌約翰抵達王宮時並沒有比伊卡伯格一行人早太多。在驚慌失措下，他從廚房的洗滌槽窗戶爬進來，強行進入王宮。兩名衛兵在後面追他，準備用劍刺他。

弗瑞德發出一聲尖叫，躲到弗拉捧後面。史必唾拔出他的匕首，跳起來。

「有——一個——伊卡伯格，」霸凌約翰氣喘吁吁地說，跪下來，「一個真的——活生生的——伊卡伯格。牠來了——和成千上萬的人——這個伊卡伯格——是真的。」

史必唾當然一點也不相信。

「把他押去地牢！」他對那兩名士兵大吼，他們把拚命掙扎的霸凌約翰拖出房間，然後把門關上。「我很抱歉，陛下，」史必唾說，仍然握著他的匕首，「這個人將會受到鞭刑懲罰，以及那些讓他闖進宮的衛——」

但史必唾話還沒說完，又有兩個人衝進國王的私人寢宮。他們是史必唾安插在泡芙城的密探，他們接到來自北方的消息，說伊卡伯格正在接近，但因國王從未見過他們，所以他又發出恐懼的尖叫。

「大——人，」第一個密探喘著氣說，向史必唾鞠躬，「有——一個——伊卡伯格，來——來——了！」

「而且有——一群人——跟著牠，」第二個密探喘著氣說，「牠是**真的**！」

「伊卡伯格當然是真的！」史必唾說。他在國王面前什麼也不能說，「通知伊卡伯格防衛隊——我立刻在王宮庭園和他們會合，我們要殺死那個怪獸！」

史必唾把那兩個密探帶到門口，然後將他們推到走廊上，試圖淹沒他們急促的聲音：「大人，牠是真的，而且人們喜歡牠！」以及「我看到牠了，大人，我親眼看到！」

「我們會殺死這個怪物，如同我們已經殺死的其他怪物一樣！」史必唾大聲說。他這句話是說給國王聽的，然後他壓低嗓門，對兩名密探說：「**滾開！**」

史必唾把兩名密探關在房間外面，回到餐桌上。他雖然內心忐忑不安，但盡量不顯露出來。弗拉捧仍然拚命把男爵鎮的香腸塞進他的嘴巴裡。他有個模糊的感覺，這些人闖進來說有關伊卡伯格的事，這一定是史必唾指使的，所以他才一點也不害怕。相反地，弗瑞德則從頭到腳都在發抖。

「這個怪物在大白天出現，史必唾！」他嗚嗚地說，「我以為牠只有在晚上才出來！」

「是的，牠越來越大膽了，不是嗎，陛下？」史必唾說。他不知道這個所謂的真的伊卡伯格是什麼。他唯一能想到的是，也許是某個老百姓七拼八湊製造出來的一個假的伊卡伯格，目的可能是想竊取食物，或強迫鄰居交出黃金——不過，他當然還是要阻止牠。世界上只能有一個真的伊卡伯格，就是史必唾偽造的那一個。「走，弗拉捧——我們必須防止這隻怪獸進入泡芙城！」

「你真勇敢，史必唾。」國王以破嗓音說。

「好說，好說，陛下，」史必唾說，「我願意為豐饒角國犧牲生命，您現在應該知道了吧！」

史必唾剛伸手要去握門把時，又聽到更多雜亂的跑步聲，這次還多了吶喊和鏗鏗鏘鏘的聲響打破了平靜。史必唾大吃一驚，開門看到底出了什麼事。

一群穿得破破爛爛的囚犯正對著他跑過來，跑在最前面的是白髮蒼蒼的多夫泰先生，他手上拿著一把斧頭，以及身材魁梧的古德菲上尉，他拿著一把槍，顯然是從王宮守衛手上搶來的。緊跟在他們後面的是比米希太太，她邊跑邊揮舞著一個碩大的平底鍋，頭髮往後飄動。緊跟在她後面的是米莉森，艾絲蘭妲小姐的侍女，她手上拿著一根擀麵棍。

史必唾急忙砰的一聲用力把門關上，拴好。但不過幾秒鐘的工夫，多夫泰先生的斧頭已經砍在木門上。

「弗拉捧，快走！」史必唾大聲說，兩位勳爵立刻跑到另一扇門，那裡有樓梯可以通往王宮庭園。

弗瑞德不知道這究竟是怎麼回事，他甚至不知道他的王宮地牢內關了五十多個囚犯——他的反應比較慢。他從多夫泰先生在門上砍出的破洞，看到那些囚犯憤怒的臉，嚇得跟在兩位勳爵後面跑。但兩位勳爵只管自己逃命，早已從另一邊把門拴上。身穿睡衣的弗瑞德國王出不去，只好將他的背緊貼在牆上，眼睜睜地看著那些越獄的囚犯闖進他的房間。

# 61

# 弗拉捧再度開槍

兩位勳爵快速衝進王宮庭園，發現伊卡伯格防衛隊已經按照他的命令全副武裝騎在馬上。但普拉德少校（就是多年前綁架黛西的那個人，他在史必唾槍殺羅奇少校後被擢升為少校）看起來很緊張。

「大人，」他對匆匆跨上馬背的史必唾說，「王宮內發生事情——我們聽到怒吼——」

「現在不管那個！」史必唾氣沖沖地說。

一陣玻璃破碎的聲音使所有士兵都抬頭看。

「有人在國王的寢宮內！」普拉德大聲說，「我們不是應該去拯救他嗎？」

「別管國王了！」史必唾大聲說。

這時，古德菲上尉出現在國王寢宮窗口，他往下看，大叫：「你不要逃，史必唾！」

「哦，是嗎？」史必唾大聲說，然後用力踢他的瘦巴巴的黃色坐騎，強迫牠撒開蹄子快跑，消失在王宮大門外。普拉德少校畏懼史必唾，不敢不跟，於是他和其餘的伊卡伯格防衛隊士兵也跟在勳爵後面。還有弗拉捧，他在史必唾離開之前才好不容易跨上他的馬，跟在隊伍後面蹦蹦跳跳的，他死命抓著他的馬鬃，並慌亂地尋找他的馬鐙。

有些人也許會認為他們被打敗了——越獄的囚犯攻佔了

王宮，一個假的伊卡伯格正穿越國家，並吸引了大批群眾。但史必唾動爵不會這麼想。他仍然有一支訓練有素的軍隊，一群武裝騎兵跟在他的後面，一堆堆的黃金藏在他的鄉下莊園，而且他狡猾的腦筋已經想出一個計畫。首先，他要槍斃這個假冒伊卡伯格的人，威嚇那些群眾，使他們再度服從他。其次，他要派普拉德少校和他的士兵回王宮，殺死所有越獄的逃犯。當然，那時候說不定那些囚犯早已殺死國王了，老實說，少了弗瑞德，他要統治國家也許會更容易。當史必唾快馬加鞭趕路時，他痛苦地想著，要是他沒有花那麼多精力對國王撒謊就好了，也許他就不會犯下某些錯誤，譬如：讓那個可惡的糕餅廚師留下刀子和平底鍋。他也很後悔沒有雇用更多密探，否則他或許早就發現有人在製造一個假的伊卡伯格——一個聽起來似乎遠比他當天早上在馬廄內見到的那個更逼真的假伊卡伯格。

於是伊卡伯格防衛隊快速穿過泡芙城的鵝卵石街道，街道出人意外地空蕩蕩的，他們來到通往美酪城的大馬路上。現在史必唾憤怒地發現為什麼泡芙城街道上一個人也沒有了，原來這些市民聽說一個真的伊卡伯格正和一大群人走向首都，都急急忙忙跑到城外去親眼看個究竟。

「讓開！**讓開！**」史必唾尖聲叫罵，驅趕在他前面的一群老百姓。他發現他們看起來很興奮而不是害怕時更加生氣。他用他靴跟上的馬刺去踢他的馬，叫牠繼續往前走，直到牠的身體兩側都被刺出了血。弗拉捧動爵跟在後面，他吃的早飯沒來得及消化，臉色已經開始發青。

終於，史必唾和士兵們看到那一大群人從遠處走過來。史必唾用力拉扯他可憐的瘦馬的韁繩，讓牠在路上打滑停下來。前方，在成千上萬又笑又唱的豐饒角人民當中，有一個兩匹馬那麼高的巨大怪物，牠的眼睛像燈光那麼亮，全身覆蓋著有如沼澤野草般的棕綠色毛髮。牠的肩膀上跨坐著一個年輕女性，兩個年輕男性走在牠的前面，他們手上都高舉著木牌。這個怪物不時彎腰——是的——牠好像在分送鮮花給民眾。

「這是一個詭計，」史必唾喃喃地說。他是如此震驚與害怕，以致於幾乎不知道自己在說什麼，「這一定是個詭計！」他又更大聲地說，伸長了他骨瘦如柴的脖子想看牠是怎麼做的。「顯然是有人站在另一個人的肩膀上，隱藏在一件沼澤野草做的戲服裡面——槍準備好，準備射擊！」

但士兵們遲遲沒有服從命令。一直以來，他們都在保護國家免受伊卡伯格的攻擊。這些士兵從未見過伊卡伯格，他們也沒有真的預料會看見牠，但他們此刻並不完全相信他們親眼所見的是個詭計。相反地，這個生物在他們看來非常真實。牠拍拍狗的頭，送花給兒童，還讓那個女孩坐在牠的肩膀上：牠似乎一點也不凶猛。士兵們也害怕那成千上萬和伊卡伯格一起遊行的群眾，他們似乎都喜歡牠。如果伊卡伯格遭到攻擊，他們會有什麼反應？

然後，其中一個最年輕的士兵完全失去控制。

「那不是詭計，我過去了。」

其他人還來不及阻止他，他已經快馬加鞭跑掉了。

弗拉捧——他終於找到他的馬鐙了——現在騎著馬來到史必唾旁邊，停在他的位置上。

「我們該怎麼辦？」弗拉捧看著伊卡伯格和那群歡天喜地、又唱又笑的群眾越來越近、越來越近時，他問。

「我在思考。」史必唾怒氣沖沖地說，「我正在思考！」

但史必唾忙碌的大腦齒輪似乎終於卡住了。最讓他生氣的是那些快樂的面孔。他一直認為笑是奢侈的東西，和泡芙城的糕點和絲綢床單一樣。看到這些衣衫襤褸的人笑得很開心，比看到他們拿著槍更讓他感到害怕。

「我來開槍射牠。」弗拉捧說，舉起他的槍瞄準伊卡伯格。

「不要，」史必唾說，「瞧，老兄，你看不出我們人數比他們少很多嗎？」

但就在這一瞬間，伊卡伯格突然發出一聲震耳欲聾、令人心驚膽寒的尖叫。圍繞在牠四周的群眾紛紛往後退，臉上突然顯出害怕的樣子。許多人扔下他們的花，有的則拔腿就跑。

伊卡伯格又一次發出恐怖的尖叫聲後跪倒在地上，差點把黛西摔下來，但她緊緊抓住牠。

接著，伊卡伯格巨大、腫脹的肚子忽然現出一條巨大的黑色裂縫。

「你說對了，史必唾！」弗拉捧大聲說，舉起他的短槍，「牠裡面藏著人！」

於是，當群眾開始尖叫逃跑時，弗拉捧瞄準伊卡伯格的肚子，開了一槍。

62

# 分生

接著，有幾件事情幾乎在同一時刻發生，以致於沒有一個旁觀者能全面看清楚。不過，幸好我可以告訴你。

弗拉捧動爵發射的子彈直接朝著伊卡伯格裂開的肚子飛過去。但早已發誓無論如何都會保護伊卡伯格的伯特和羅得理，立刻撲向子彈飛過來的路徑。子彈擊中伯特的胸膛，他立即倒在地上，拿在手上的木牌——上面刻著「伊卡伯格不會傷害人」的字樣——也摔破了。

接著，一個伊卡伯格寶寶掙扎著離開牠的伊克的肚子。牠的分生非常糟糕，因為牠在牠的伊克對槍枝的恐懼中來到這個世界，而且牠第一眼看到的就是有人要殺牠，於是牠直接對著正在裝填第二顆子彈的弗拉捧衝過去。

本來應該協助弗拉捧的士兵們看見一個新生的伊卡伯格衝向他們，都嚇得四下逃散，根本來不及開槍。史必唾是跑得最快的人之一，一眨眼就不見了蹤影。那個伊卡伯格寶寶發出一聲使現場的目擊者至今仍不斷作惡夢的非常可怕的怒吼之後，撲到弗拉捧身上，才不過幾秒鐘的工夫，弗拉捧就倒在地上死了。

這一切都發生得非常迅速，群眾驚慌地發出尖叫與哭泣。黛西仍然緊緊抱著垂死的伊卡伯格，牠和伯特都躺在路上，羅得理和瑪莎彎腰望著伯特，令他們驚訝的是，伯特睜開了眼睛。

「我——我想我沒事。」他低聲說，伸手從他的上衣底下拉出他爸爸的銀質動章。弗拉捧的子彈卡在動章上，那枚動章救了伯特的性命。

看見伯特又活過來了，黛西再度用她的雙手捧著伊卡伯格的臉。

「我沒有看到我的伊卡伯格寶寶。」垂死的伊卡伯格低聲說，牠的眼中又湧出像玻璃蘋果般的眼淚。

「牠很漂亮，」黛西說，她也開始流淚。「看……在這裡……」

第二個伊卡伯格寶寶正掙扎著從伊卡伯格的肚子裡出來。第二個寶寶有一張友善的臉，臉上還帶著羞怯的微笑，因為牠分生時牠的伊克正注視著黛西的臉，並看見她在流淚，知道人類也能像愛他們自己的家人那樣愛伊卡伯格。儘管四周鬧烘烘的亂成一片，第二個伊卡伯格和黛西一起跪在馬路上，撫摸大伊卡伯格的臉。大伊卡伯格和伊卡伯格寶寶互相對視微笑，然後大伊卡伯格緩緩閉上眼睛。黛西知道牠死了，她把臉埋在牠蓬鬆的毛髮內，傷心地哭泣。

「不要傷心，」一個熟悉的洪亮聲音說，並且有個東西在撫摸她的頭髮，「不要哭，黛西，這是分生，這是一件美好的事。」

黛西眨眨眼，抬頭望著伊卡伯格寶寶，牠正在用和牠的伊克一模一樣的聲音對她說話。

「你知道我的名字。」她說。

「我當然知道，」伊卡伯格寶寶親切地說，「我一分生出來就知道妳的一切，現在我們必須去找我的伊卡寶。」黛西明白「伊卡寶」是伊卡伯格對牠們的手足的稱呼。

黛西站起來，發現弗拉捧的屍體躺在地上，第一個出生的伊卡伯格寶寶被一群手上拿著乾草叉和槍枝的人包圍。

「和我一起上車。」黛西催促第二個寶寶，於是他們兩個手牽手爬到車上。黛西對群眾喊話。由於她是那個坐在伊卡伯格肩膀上走過整個國家的女孩，離她最近的民眾猜想，她也許知道一些值得聽聽的事情，於是他們對其他人發出噓聲，要他們保持安靜。黛西才可以開始對群眾說話。

當群眾終於安靜下來時，她的第一句話是：「你們不可以傷害伊卡伯格！」她說。「如果你們殘忍地對待牠們，牠們會生下更殘忍的寶寶！」

「分生得殘忍。」站在她旁邊的伊卡伯格寶寶糾正她。

「是的，分生得殘忍，」黛西說，「但是，如果牠們在善良的氛圍中分生，牠們就會分生得善良！牠們只吃蘑菇，而且牠們希望成為我們的朋友！」

群眾喃喃低語，不能確定，直到黛西對他們解釋比米希少校如何在沼澤中遇害，他如何被弗拉捧開槍擊斃，而不是被伊卡伯格殺害，以及史必唾如何利用這起死亡事件，編出一個可怕的伊卡伯格在沼澤中殺人的故事。

於是，群眾決定去找弗瑞德國王談判，死去的伊卡伯格和弗拉捧勳爵的屍體被抬到車上，二十個強壯的人拉著馬車，整支隊伍浩浩蕩蕩地走向王宮。黛西、瑪莎和善良的伊卡伯格寶寶手挽著手走在前面，三十多個持槍的市民將那個凶猛的、第一個生下來的伊卡伯格寶寶圍在中間，否則牠會殺死更多人類，因為牠是在恐懼與憎恨人類的氛圍下分生的。

但是，經過幾句簡單的交頭接耳，伯特和羅得理不見了蹤影。他們去了什麼地方，你很快就會知道。

# 63
# 史必唾勳爵的最後計畫

黛西領頭帶著行進隊伍進入王宮庭園時，驚訝地發現庭園幾乎沒什麼改變，噴泉依舊跳著水舞，孔雀也仍在園中散步，王宮正面唯一的變化，是二樓有一扇窗戶破了。

接著，金色的王宮大門敞開，群眾看到兩個穿得破破爛爛的人走出來迎接他們：一個白髮蒼蒼的人手上拿著一把斧頭，另一名婦女手上抓著一個碩大的平底鍋。

黛西望著那個白髮蒼蒼的人，覺得膝蓋發軟。善良的伊卡伯格趕緊抓住她並扶著她。多夫泰先生腳步踉蹌地走向前，我想他完全沒有注意到一個真實的、活生生的伊卡伯格正站在他失蹤已久的女兒旁邊。當父女倆互相擁抱哭泣時，黛西從她爸爸的肩膀上看到比米希太太。

「伯特仍活著！」她對糕餅主廚說。比米希太太正瘋狂地尋找她的兒子。「但他必須去辦一件事……他很快就會回來！」

更多的囚犯現在都從王宮內匆匆跑出來，當他們互相找到心愛的人時，都不由得發出喜悅的尖叫，許多孤兒院的孩童也找到他們以為已經死去的爸爸媽媽。

接著，陸續發生了其他許多事情，譬如：那三十多個持槍的民眾將凶猛的伊卡伯格寶寶拖走，免得牠再殺人；黛西問多夫泰先生是否能讓瑪莎和他們住在一起；古德菲上尉帶著哭得很傷心、身上仍穿著睡衣的弗瑞德國王一起出現在陽台上。古德菲上尉說，他認為應該試一試沒有國王的生活了，人群爆發出一陣歡呼。

不過，我們現在必須離開快樂的場面，去追蹤那個使豐饒角國發生悲慘事件的罪魁禍首。

史必唾動爵遠在好幾哩外，正在荒僻的鄉間道路上奔馳時，他的馬忽然跛腳了。當史必唾用力鞭打牠，叫牠繼續往前跑時，這匹飽受虐待的可憐的馬用後腿直立，把史必唾摔到地上。史必唾又想鞭打牠，馬兒便用牠的腳去踢他，然後達達達地跑進樹林裡。我很欣慰地告訴你，牠後來被一個善良的農夫發現，農夫悉心照顧牠，使牠恢復了健康。

失去坐騎的史必唾動爵只好用跑的，拎著他的首席顧問長袍的下襬，免得被它絆倒，然後沿著鄉間小路往他的鄉下莊園方向跑，每隔幾公尺就回頭看有沒有人在跟蹤他。他知道他在豐饒角國的生活結束了，但他還有堆積如山的黃金藏在他的酒窖內，他打算盡可能將更多的金幣裝上他的馬車，然後偷偷越過邊境進入鄰國普里塔尼亞。

等到史必唾抵達他的莊園時已入夜，他的兩隻腳疼痛不堪。他一拐一拐地走進去，大聲吆喝他的管家史空伯。史空伯在很久以前曾經假扮成諾比．鈕頓的寡母和福勞迪山教授。

「我在樓下，大人！」一個聲音從地窖大聲說。

「你為什麼不點燈，史空伯？」史必唾氣呼呼地說，摸黑下樓。

「我想最好不要被人發現有人在家，大人！」史空伯大聲說。

「啊，」史必唾皺著眉頭，一跛一跛地下樓時說。「這麼說，你聽到消息了，是嗎？」

「是的，大人，」那個有回音的聲音說，「我猜想您也許想要離開，大人？」

「沒錯，史空伯，」史必唾動爵說，跛著腳走向遠處的一根燭光，「我當然要這麼做。」

他推開通往地窖的門。這些年來，他把他的黃金全部藏在這裡。那個管家——在微弱的燭光下，史必唾只能看到他模糊的身影——又再度打扮成福勞迪山教授的模樣：戴著白色的假髮，以及一副使他的眼睛縮小到幾乎看不見的厚鏡片眼鏡。

「我想，如果我們喬裝旅行可能會比較好，大人。」史空伯說，拿出鈕頓的寡母的黑色戲服和黃色假髮。

「好主意，」史必唾說，急忙脫下他的長袍，換上那套戲服。「你感冒了嗎，史空伯？你的聲音怪怪的。」

「是地窖裡的灰塵的緣故，大人，」管家說著，又離開燭光遠一點，「大人您要如何處置艾絲蘭妲小姐？她仍然被關在圖書室內。」

「不管她，」史必唾想了一下後說，「她活該，誰教她有機會時不肯嫁給我。」

「很好，大人，我已經把行李都裝到馬車上了，以及兩匹馬和大部分的黃金。大人也許可以幫忙抬最後這口箱子？」

「我希望你沒有想到拋下我自己離開，史空伯，」史必唾懷疑地說，心想，如果他晚十分鐘回來，說不定會發現史空伯早已離開了。

「喔，不，大人，」史空伯向他保證，「我作夢也不會想到丟下大人離開的，馬夫韋瑟斯會駕駛馬車，大人，他已經準備好了，正在院子等候。」

「好極了，」史必唾說。於是他們合力將最後那一箱沉重的黃金搬到樓上，穿過冷清的屋子來到後面的庭院。史必唾的馬車正在黑暗中等待。馬的背上雖然馱著好幾袋黃金，但更多的黃金已被裝進好幾口箱子裡，裝載在車頂上。

當他和史空伯將最後一箱黃金搬到車頂上時，史必唾說：

「那是什麼聲音？」

「我什麼都沒聽到，大人。」史空伯說。

「一種怪怪的呻吟聲。」史必唾說。

史必唾站在黑暗中回憶起往事：很多年以前，他站在沼澤上冰冷的白霧中，那隻被困在荊棘叢中的狗不斷掙扎、嗚咽。他此刻聽到的聲音就像那種聲音，彷彿有某個生物被困，無法脫身。這使史必唾和上次一樣緊張。當然，後來弗拉捧發射了他的短槍，從此他們踏上致富之路，國家卻也踏上了毀滅之路。

「史空伯，我不喜歡那個聲音。」

「我不認為你會喜歡，大人。」

月亮從一片雲後緩緩出現，史必唾動爵迅速轉頭看他的管家——他的聲音突然變得很不一樣——發現一把槍的槍管正對準他。史空伯已摘下他的福勞迪山教授的假髮和眼鏡，顯現出他根本不是管家，而是伯特．比米希。而此刻在月光下，這個少年看起來像極了他的爸爸，以致史必唾有個瘋狂的錯覺，以為比米希少校已起死回生來找他報仇。

他慌亂地看看四周，從開著的馬車門看到真正的史空伯被捆綁並塞住嘴巴躺在地板上，那個怪怪的嗚咽聲就是他發出來的。而艾絲蘭妲小姐也坐在馬車內，面帶微笑，手上拿著另一把槍。當他開口問馬夫韋瑟斯為什麼不採取行動時，才發現這個人根本不是韋瑟斯，而是羅得理．羅奇。（真正的馬夫韋瑟斯看見兩名少年騎著快馬在車道上奔馳時，他已準確地意識到出了麻煩，於是他偷了幾匹他最喜愛的史必唾的馬，趁黑迅速離開。）

「你們怎麼這麼快就抵達這裡？」這是史必唾此刻所能想到的一個問題。

「我們向一位農夫借了幾匹馬。」伯特說。

事實上，伯特和羅得理的騎術比史必唾好太多，所以他們的馬不會跛腳。他們比他更早抵達，而且有充裕的時間拯救艾絲蘭妲小姐，找到那些黃金，捆綁管家史空伯，然後逼他說出史必唾如何愚弄全國人民的真相，包括他如何假扮成福勞迪山教授與鈕頓的寡母。

「孩子們，不要急，」史必唾有氣無力地說，「這裡有大量黃金，我會分給你們！」

「這不是你可以分享的黃金，」伯特說，「你要回去泡芙城，我們會正式適當的審判。」

〈拿著槍的艾絲蘭妲小姐〉
楊芷聽/9歲/英國

64

# 再現豐饒角

從前，有個小國叫豐饒角，由一群新任命的顧問和一位總理治理國政。在我寫這篇故事的時代，這位總理名叫高登．古德菲。古德菲總理是由豐饒角國人民選出來的，因為他是一個非常誠實的人，而豐饒角這個國家深深懂得了說真話的重要性。當古德菲總理宣佈他要與艾絲蘭妲小姐結婚時，舉國上下熱烈歡慶。這位善良而勇敢的女性提供了對史必唾勳爵不利的重要證據。

聽任他的快樂的小王國一步步走向毀滅與絕望的弗瑞德國王接受了審判，還有首席顧問史必唾，和其他許多從史必唾的謊言中得到好處的人，包括咕噥大媽、霸凌約翰、僕役坎克比，以及奧圖．史空伯。

國王接受審訊時一直哭個不停，但史必唾以冷漠、傲慢的語氣回答，並且又說了許多謊言，還把他自己的罪過歸咎給別人，說如果他像弗瑞德那樣只會哭，事情會變得更糟。後來他們兩人，連同其他罪犯，全部被關進王宮底下的地牢。

順便一提，如果你但願伯特和羅得理槍殺了史必唾，我完全可以理解。畢竟，他害死了成千上萬的人。然而，如果你得知史必唾寧可被處死也不願日夜坐牢，吃簡單的食物，蓋破舊的被子，還要被迫聽弗瑞德一連好幾個小時的哭聲時，你應該會稍稍感到安慰。

史必唾和弗拉捧偷走的黃金被收回，好讓那些失去他們的起司店和他們的糕餅店、他們的乳製品工廠和他們的養豬場、他們的肉品店，以及他們的葡萄園的人，都能重新復業，再度開始生產豐饒角國遠近馳名的美食和葡萄酒。

然而，在豐饒角國變得很貧窮的這段期間，許多人沒有機會學習如何製造起司、香腸、葡萄酒及糕餅。他們當中有的人成為圖書館員，因為艾絲蘭妲小姐有個絕佳的建議，把所有現在已經停止使用的孤兒院改為圖書館，她還幫忙買進書籍。但儘管如此，仍然有許多人找不到工作做。

於是，豐饒角國的第五座大城市產生了。這座城市取名叫伊卡比城，位於美酪城和酒香城之間的漕河河畔。

當第二個出生的伊卡伯格寶寶聽說有些人從未學過手藝時，牠害羞地提議牠可以教他們如何種植蘑菇，牠對這方面很在行。由於這些栽種蘑菇的人後來都非常成功，以致他們的蘑菇園周圍逐漸形成一座繁榮的城市。

你也許認為你不喜歡吃蘑菇，但我向你保證，如果你吃了伊卡比城香濃滑柔的蘑菇湯，你一輩子都會愛上它。美酪城和男爵鎮也陸續研發出添加伊卡比蘑菇的新食譜。事實上，在古德菲總理和艾絲蘭妲小姐結婚前不久，鄰國普里塔尼亞的國王還提議讓古德菲任意挑選他的一個女兒為妻，以交換他一輩子都能吃到豐饒角國的豬肉蘑菇香腸。古德菲總理於是以香腸為禮物贈送給普里塔尼亞的國王，並且邀請他來參加古德菲的婚禮。艾絲蘭妲小姐也附上一封短信，建議普菲里歐國王不要再利用他的女兒來換取美食，應該讓她們自己選擇她們的丈夫。

伊卡比城是個不尋常的城市，它和泡芙城、美酪城、男爵鎮，及酒香城不一樣，它以三種物產出名，而不只是一種。

第一種物產是蘑菇，這裡的每一顆蘑菇都像珍珠那麼美麗。

第二種物產是漁夫從漕河捕撈上來的非常好吃的銀色鮭魚和鱒魚——你或許會樂意知道，驕傲地豎立著一位老婦人的塑像，她專門研究飛流河的魚類。

第三種物產是伊卡比城生產的羊毛。

是這樣的，古德菲總理決定：那些經歷過長期飢餓後倖存的少數沼澤地人，應該擁有比北方更好的草地來飼養他們的綿羊。當這些沼澤地人獲得漕河邊的少數幾塊翠綠的青草地後，他們便展現出他們的真功夫。豐饒角國的羊毛是世界上最柔軟、最光潔的羊毛。它所製造的羊毛衣、羊毛襪和圍巾，比其他任何地方製造的產品更美麗、更舒服。海蒂．霍普金斯和她家人的綿羊農場所生產的羊毛，品質格外優良，但我必須說，最頂級的羊毛服裝，是從羅得理和瑪莎．羅奇的農場所生產的羊毛紡織出來的。他們有一座生意興隆的農場位在伊卡比城近郊。是的，羅得理和瑪莎結婚了，我很欣慰地告訴你，他們的生活非常幸福快樂，並且生了五個孩子，羅得理後來說話還帶有一點沼澤腔。

另外有兩個人也結婚了。我很高興地告訴你，雖然離開地牢後彼此已不再被強迫住在隔壁，但比米希太太和多夫泰先生這一對老朋友，發現他們不能沒有彼此。於是，伯特擔任伴郎、黛西擔任首席伴娘，木匠和糕點主廚結婚了。伯特和黛西從小就覺得他們很像姊弟，現在他們真的成為姊姊和弟弟了。比米希太太在泡芙城最熱鬧的地方開了一家她自己的糕餅店，除了她最拿手的「仙女的搖籃」、「少女的夢想」、「公爵的喜悅」、「浮華的幻想」之外，她又研發了新產品「伊卡泡芙」。它是你所能想像到的最輕柔、最蓬鬆的甜點，上面撒了一層細緻的薄荷巧克力刨花，使它們看起來彷彿覆蓋著沼澤野草。

伯特跟上他爸爸的腳步，加入豐饒角國的軍隊。他是一個正直、勇敢的人，如果他後來被提拔為隊長，統領整個軍隊，我一點也不會驚訝。

黛西成為世界上最著名的伊卡伯格權威。她寫了很多本有關伊卡伯格不可思議的行為的著作。而且也因為黛西，伊卡伯格才受到豐饒角國人民的保護和喜愛。她也利用空閒時間，和她的爸爸一起經營一項成功的木作事業。他們最著名的產品之一是伊卡伯格玩具。第二個出生的伊卡伯格寶寶住在從前的國王的鹿園裡面，離黛西的工作坊很近，他們兩個仍然是非常要好的朋友。

泡芙城市中心蓋了一間博物館，每年吸引許多遊客來參觀。這間博物館是古德菲總理和他的顧問們，在黛西、伯特、瑪莎和羅得理的協助下成立的，因為大家都不希望豐饒角國人民忘記過去全國人民都相信史必唾的謊言的時代。前往博物館參觀的民眾，可以在這裡看到比米希少校的銀質勳章（上面還卡著一枚弗拉捧發射的子彈），和諾比．鈕頓的塑像（它從泡芙城最大的廣場被遷移到這裡），以及那個捧著一束雪花蓮，勇敢走出沼澤地的伊卡伯格的雕像。牠的英勇事蹟不但拯救了伊卡伯格這個物種，也拯救了豐饒角國。參觀者還可以看到史必唾用公牛的骨骸與鐵釘製造出來的伊卡伯格模型。而弗瑞德國王對抗長得像龍的伊卡伯格——那是藝術家的想像，實際上並不存在——的巨幅畫像，也被懸掛在博物館內。

但是，有一個生物我還沒有提到：就是第一個出生的伊卡伯格寶寶，那個殺死弗拉捧的凶猛的伊卡伯格，牠被好幾十個壯漢拖走後就沒有人再見到牠。

老實說，這個伊卡伯格寶寶是有點麻煩。黛西對每個人解釋，他們不可以攻擊這個凶猛的伊卡伯格寶寶，也不可以虐待牠，否則牠會比現在更加憎恨人類。這意味著牠將來分生時，會生出比牠更凶猛的伊卡伯格寶寶。到時候，豐饒角國的結局將會像史必唾過去所假裝的那樣。

起初，這個伊卡伯格寶寶必須被關在加固的籠子裡以防止牠殺人，再由志願者送蘑菇去給牠吃。但是要找到志願者很困難，因為牠實在太危險。這個伊卡伯格寶寶唯一有一點點喜歡的人類是伯特和羅得理，因為牠被分生時，他們兩個人勇敢地保護牠的伊克。問題是，伯特在軍中，而羅得理在經營綿羊農場，兩人都沒有時間整天陪伴這個凶猛的伊卡伯格寶寶，讓牠保持平靜。

後來終於有了一個解決的辦法，這個辦法來自一個令人非常意外的地方。

弗瑞德自從被關進地牢後一直不停地哭。他雖然自私、虛榮，而且懦弱，但弗瑞德並非有意去傷害任何人——儘管他的確傷害了許多人，而且傷得非常深。在他失去王位後的一整年間，他陷入最黑暗的絕望，其中一部分原因當然是他被關進了地牢，不再生活在王宮裡，但同時他也感到深深的自責。

他可以看出他以前是個多麼糟糕的國王，他的行為是多麼惡劣。他真希望他能成為一個更好的人。因此，有一天，史必唾大吃一驚——他當時正坐在弗瑞德對面的牢房內生悶氣——因為弗瑞德竟告訴獄卒，他想志願去照顧那個凶猛的伊卡伯格。

於是他開始去做。雖然第一天早晨他嚇得臉色慘白、膝蓋發抖，並且後來的幾天也是如此，但這個過氣的國王走進這個凶猛的伊卡伯格的籠子，跟牠聊豐饒角國的大小事、他從前犯過的許多嚴重的錯誤，他還說只要真的一心向善，就能學會做一個善良的好人。儘管弗瑞德每天傍晚都必須回到他自己的牢房，但他要求將伊卡伯格關在美麗的草地上，而不要關在籠子裡。想不到這個方法奏效了，第二天早上，那個伊卡伯格還用粗暴的聲音謝謝弗瑞德。

慢慢地，經過了好幾個月和好幾年，弗瑞德變得更勇敢了，而伊卡伯格也變得更溫和。最後，當弗瑞德成為一個老人時，伊卡伯格分生的時間到了。從牠的肚子分生出來的兩個伊卡伯格寶寶都很善良與溫柔。弗瑞德對牠們的伊克去世哀痛欲絕，彷彿他自己的兄弟去世一般，不久他自己也死了。豐饒角國的任何一座城市雖然都沒有豎立他們從前的國王的塑像，但人們偶爾會在他的墳墓上獻花。弗瑞德如果知道一定會很高興。

至於人類是否真的從伊卡伯格分生出來的，我無法告訴你。也許，當我們改變時，我們會經歷一種分生，從而變得更好或變得更壞。我所知道的是，一個國家，和伊卡伯格一樣，可以因為善良而變得溫柔。這是為什麼豐饒角這個國家，從此以後過著幸福快樂的生活。

國家圖書館出版品預行編目資料

伊卡伯格/J.K. 羅琳；林靜華. -- 初版. -- 臺北市：
皇冠, 2021.1
面；公分. -- (皇冠叢書;第4902種)(CHOICE;338)
譯自：The Ickabog
ISBN 978-957-33-3645-7 (平裝)

873.57　　109018623

皇冠叢書第4902種
**CHOICE 338**

# 伊卡伯格
The Ickabog



作　　者—J.K. 羅琳（J.K. Rowling）
譯　　者—林靜華
發 行 人—平　雲
出版發行—皇冠文化出版有限公司
台北市敦化北路120巷50號
電話◎02-27168888
郵撥帳號◎15261516號
皇冠出版社(香港)有限公司
香港銅鑼灣道180號百樂商業中心
19字樓1903室
電話◎2529-1778　傳真◎2527-0904
總 編 輯—許婷婷
責任編輯—平　靜
美術設計—嚴昱琳
著作完成日期—2020年
初版一刷日期—2021年1月

法律顧問—王惠光律師
有著作權．翻印必究
如有破損或裝訂錯誤，請寄回本社更換
讀者服務傳真專線◎02-27150507
電腦編號◎375338
ISBN◎978-957-33-3645-7
Printed in Taiwan
本書特價◎新台幣399元/港幣133元